國學叢著之一

詩史

梁啓超署檢

近代名家首版著作導讀叢書

詩史

導讀

李維 著

上海科学技术文献出版社
Shanghai Scientific and Technological Literature Press

图书在版编目(CIP)数据

《诗史》导读/李维著. —上海:上海科学技术文献出版社,2020
(近代名家首版著作导读丛书)
ISBN 978-7-5439-8059-4

Ⅰ.①诗… Ⅱ.①李… Ⅲ.①诗歌史—中国
Ⅳ.①I207.209

中国版本图书馆 CIP 数据核字(2020)第 007881 号

组稿编辑:张　树
责任编辑:苏密娅

《诗史》导读

李　维　著

*
上海科学技术文献出版社出版发行
(上海市长乐路 746 号　邮政编码 200040)
全 国 新 华 书 店 经 销
四川省南方印务有限公司印刷
*
开本 880×1230　1/32　印张 8.75　字数 175 000
2020 年 5 月第 1 版　2020 年 5 月第 1 次印刷
ISBN 978-7-5439-8059-4
定价:118.00 元
http://www.sstlp.com

导　读

李维，生平不详。曾就读北京大学文学院国文系，师从刘毓盘。

据作者自序，《诗史》的写作是受老师刘毓盘的启发。刘先生为北京大学教授，著有《词史》，晚年更欲著诗史而力不从心，遂鼓励李维撰写。《诗史》为中国第一部现代形态的诗歌通史，旨在阐明中国诗歌的悠久传统、追溯和理清诗歌体裁演变的历史、梳理诗歌流派的产生、更迭和消长的过程。主要章节有：中国诗之源起；三百篇为中国诗学之渊薮；楚辞代兴与春秋战国诗学之中断；两汉诗体衍进及乐府之特盛；魏诗为六朝诗学之先导；两晋诗学极盛与中兴以后作者之玄思；宋诗再振为六朝诗学之极峰；齐梁陈诗风绮靡与六朝诗体之蜕化；北魏北齐北周诗学之不竞；隋诗余光反射为六朝诗学之终局；初唐诗体与沈宋；盛唐诗学鼎盛及诗体之大成；中唐诗风一变与元和长庆间诗人之体别；晚唐诗人之别致与诗学衍变后统派之分传；五代小词代诗；诗势尽后北宋各派作者之天才；诗学降落中辽金两代之朔角孤星；南宋四大家与永嘉四灵；元四大家诗体与铁崖乐府；明诗再降与复古声中各派之起伏；清诗极衰为旧体诗之终局等。

诗史

平默题

國學蔡著之一

詩史

梁啓超署檢

序

詩史者綜吾國數千年之詩學明其傳統窮其體變識其流別詳其作者而爲一有統系之記述之作也吾國詩學向稱極盛三百導其源楚騷亂其緒中斷於春秋戰國蕃衍馥郁於漢魏六朝至於有唐極矣夫極則窮窮則變時代乘之汲其流體製隨之降其勢作者因之異其趣而五代兩宋之詞金元之曲興焉詞曲興而詩不振故歷兩宋遼金元明清千餘年之詩學無一人能出魏晉六朝及唐人之外者非其才之弗逮其勢固如斯也丙寅秋從江山劉子庚先生談藝先生指所著詞史而言曰予爲是編初不過欲示學者以綱要然已費去數萬言此外待理者固甚衆其需時亦必久詩學卽其一也吾老矣每開卷輒嫌其繁博無涯涘君年少氣鋭且於此學有素癖曷試理之余雖心諾而病未能也是冬避亂歸鄉里足不敢出戶庭乃始披荆斬棘欣然爲是編焚膏繼晷積三月而稿成既限於藏書復囿於才識深知挂漏諸多且爲編述簡利計亦不免羅列許多作者姓字更難逃點鬼簿之譏此固無可如何者也丁卯返京以呈劉師子庚先生曰善予爲若序之人事多故荏苒經年今夏以事滯里而先生遽於七月歸道山竟不獲睹其成凝思往昔不益令人重有感耶噫戊辰九月李維撰

史目錄

上

一章　中國詩之源起

章　三百篇爲中國詩學之淵藪

章　楚辭代興與春秋戰國詩學之中斷（上）

章　楚詞代興與春秋戰國詩學之中斷（下）

章　兩漢詩體衍進及樂府之特盛（上）

章　兩漢詩體衍進及樂府之特盛（下）

卷中

詩史目錄終

詩史卷上

第一章　中國詩之源起

詩之源起——黃帝以前歌詩——堯代歌詩——舜代歌詩——夏代歌詩——商代歌詩——夏代歌詩爲風騷之始

鄭康成詩譜序曰：「詩之興也，諒不於上皇之世，大庭軒轅，逮於高辛，其時有亡，載籍亦蔑云焉。虞書曰：「詩言志，歌永言，聲依詠，律和聲。」然則詩之道，放於此乎。」劉彥和文心雕龍明詩篇曰：「在心爲志，發言爲詩，舒文載實，其在茲乎。」又曰：「人秉七情，應物斯感，感物吟志，莫非自然。」沈約宋書謝靈運傳論曰：「歌詠所興，宜自生民始。」鄭氏昭其迹，劉沈推其故，其言均是也。人稟七情，韻語自應始於生民，而文字未備，留傳亦難徵其所據。惟後世文人，於其載籍中，或存其目，或具其文，伏羲以下，歷歷可數。雖僞託之書衆，追記之作多，而舍此之外，更無可考，故不得不並著之於

黃帝以前歌詩

篇，以備學者辨正焉。伏羲作瑟，造駕辨之曲，教漁製網罟之歌，一見楚辭大招，一見隋書樂志，上古歌詩之見諸載籍者，此其始也。惟其文久佚，無可稽考。降及葛天，有三人摻牛尾投足以歌八闋，雖目存呂覽，而事近傳說。神農教民食穀，有豐年之詠，夏侯玄辨樂，僅存空名。漢書藝文志記黃帝之銘有六，今則祗餘其二，（巾几，金人）且已經補纂，恐失其眞。至少昊顓頊之世，所稱白帝皇娥二歌，識者均指爲王嘉僞撰，更不足論也。惟彈歌一章，其詞近古，其文見於吳越春秋，其時代或以爲黃帝，三代以上之韻語歌辭，此其是歟。

斷竹，續竹，飛土，逐宍。彈歌（宍古肉字）

堯代歌詩

唐堯之世，史稱極治。禮記郊特牲載其蜡辭。淮南子人間訓致其戒語。野老擊壤之歌，見于帝王世紀。康衢童謠，則傳自列子。帝王多憂勤惕勵之言，庶民有怡然自得之趣，使非僞託，則當時郅治之隆，可迹而得也。

土反其宅，水歸其壑。昆蟲毋作，草木歸其宅。蜡辭

舜代歌詩

戰戰慄慄，日謹一日。人莫蹪于山，而蹪于垤。堯戒

日出而作，日入而息。鑿井而飲，耕田而食。帝力何有於我哉。擊壤歌

立我蒸民，莫匪爾極。不識不知，順帝之則。康衢謠

有虞承祚，文辭愈炳。明良喜起之歌，卿雲南風之詠，上下唱和，傳諸載籍而辭采堂皇典雅，斐然成章矣。

元首明哉，股肱良哉，居事康哉。

股肱起哉，元首喜哉，百工熙哉。

元首叢脞哉，股肱惰哉，庶事惰哉。明良喜起歌

卿雲爛兮，糺縵縵兮。日月光華，旦復旦兮。卿雲歌

南風之薰兮，可以解吾民之慍兮。南風之時兮，可以阜吾民之財兮。南風歌

夏代歌詩

夏代歌辭，實啟風騷，呂氏春秋音初篇載，禹見塗山氏女，女作歌，始作南音。，周公召公取以為二南。孔甲破斧歌，始作東音，豳風破斧之所興。而帝啟之樂，又楚辭九歌九辨之宗也。此外若書序載太康有五子之歌，繹史引帝相有源

水之歌，韓詩外傳稱帝桀有夏人之歌，均疑僞託，未可信也。惟困學記聞所載夏后鑄鼎繇，錯綜用韵，其眞僞自屬待辨，而其辭固皆可誦也。

逢逢白雲，一南一北，一西一東，九鼎旣成，遷于三國。　鑄鼎繇

有夏歌辭爲風騷之始

商代歌詩

商湯代興，德音愈茂。開網三面，作祝以存其仁，桑林禱天，致語以極其敬，盛世之音，不可多覯。降及末運，箕子有麥秀之歌，伯夷有采薇之詠，一代流風，猶存遺響。呂氏春秋音初篇載，有娀氏有二佚女作歌，始作北音。殷整甲徙宅西河，始作西音。三百篇中邶鄘衛秦諸風所自興也。而商頌十二，論者比引爲周魯二頌之源。三代歌辭，至有商咸具觀矣。

蛛蝥作網，今之人循續。欲左者左，欲右者右，欲高者高，欲下者下。吾請受其犯命者。　網祝歌

登彼西山兮，采其薇矣。以暴易暴兮，不知其非矣。神農虞夏忽焉沒兮，吾適安歸矣。吁嗟徂兮，命之衰矣。　采薇歌

以上所舉歌辭，多傳諸後人載籍中，其眞僞自莫能明，惟觀其漸進之勢，似非

全出僞作，故取以爲中國詩學之源始。呂氏春秋，其書近古，所云『有夏歌辭，實啟風騷。』其言當有據也。

第二章　三百篇爲中國詩學之淵藪

三百篇之年代——十五國風爲純粹的平民文學——雅頌——三百篇之永久價値

三百篇之年代

孟子曰：『王者之迹熄，而詩亡，詩亡然後春秋作。』是三百篇者，皆春秋以前作品也。三百篇中之最古者，當推商頌，而魯頌閟宮又明是春秋時代事，中間距離，竟多至八百餘年，其采選精嚴，概可想見。惟大部分則多是西周末季作品，春秋時作品，雖間或雜入，但不多耳。

十五國風爲純粹之平民文學

三百篇爲中國純文學之祖，學者無不知之，其中之十五國風，蓋純粹的平民文學也。書時書事，寫情寫景，狀人狀物，以至叙述平民生活之狀況，刻畫普通社會之心理，通其思想，明其美刺，無不恰到好處，數千年來遺留之文學，未有能出其右者。一般文人學士，得其一臾，即足名家，故均視爲文學之巨擘焉。本章亦止就其在文學上之價値，畧舉而論列之，使知後世之所謂文學者，無一非由此蛻化而出。至於詳其名物，辨其篇第，審其音變，明其意旨，則經學考據家優爲之，是篇不及也。

芣苢

三百篇長於寫時，寫時最難不着痕跡，而三百篇優爲之。芣苢，寫治時者也，而無一語及治，蓋一及治便著痕跡矣，故其祇以婦女采掇芣苢之閒情逸致，烘托點染，而民間之安樂，時代之承平，自在人人意想中。三百篇均應如此讀去，此一例耳。

采采芣苢，薄言采之。采采芣苢，薄言有之。
采采芣苢，薄言掇之。采采芣苢，薄言捋之。
采采芣苢，薄言袺之。采采芣苢，薄言襭之。周南芣苢

北風

北風，寫亂時者也，而無一語及亂，荒涼自在目中。

北風其涼，雨雪其雱。惠而好我，携手同行。其虛其邪，既亟只且。
北風其喈，雨雪其霏。惠而好我，携手同歸。其虛其邪，既亟只且。
莫赤匪狐，莫黑匪烏。惠而好我，携手同車。其虛其邪，既亟只且。邶風北風

擊鼓

三百篇長於書事，書事則無不是。擊鼓，自叙者也。

擊鼓其鏜，踴躍用兵。土國城漕，我獨南行。

從孫子仲，平陳與宋。不能以歸，憂心有忡。爰居爰處，爰喪其馬。于以求之，于林之下。死生契濶，與子成說。執子之手，與子偕老。于嗟濶兮，不我活兮。于嗟洵兮，不我信兮。　邶風擊鼓

新臺

新臺，叙他者也。

新臺有泚，河水瀰瀰。燕婉之求，籧篨不鮮。

新臺有洒，河水浼浼。燕婉之求，籧篨不殄。

魚網之設，鴻則離之。燕婉之求，得此戚施。　邶風新臺

氓

三百篇長於寫情，寫情則無不摯。氓，寫男女之情者也。

氓之蚩蚩，抱布貿絲，匪來貿絲，來即我謀。送子涉淇，至于頓丘。匪我愆期，子無良媒。將子無怒，秋以爲期。

乘彼垝垣，以望復關。不見復關，泣涕漣漣。既見復關，載笑載言。爾卜爾筮，體無咎言。以爾車來，以我賄遷。　衛風氓　六之二

谷風　燕燕　黍離

谷風，寫新故之情者也。

習習谷風，以陰以雨。黽勉同心，不宜有怒。采葑采菲，無以下體。德音莫違，及爾同死。

行道遲遲，中心有違。不遠伊邇，薄送我畿。誰謂荼苦，其甘如薺。宴爾新婚，如兄如弟。

涇以渭濁，湜湜其沚。宴爾新婚，不我屑以。毋逝我梁，毋發我笱。我躬不閱，遑恤我後。

邶風谷風六之二

燕燕，寫離別之情者也。

燕燕于飛，差池其羽。之子于歸，遠送于野。瞻望弗及，泣涕如雨。

燕燕于飛，頡之頏之。之子于歸，遠于將之。瞻望弗及，佇立以泣。

燕燕于飛，下上其音。之子于歸，遠送于南。瞻望弗及，實勞我心。

仲氏任只，其心塞淵。終溫且惠，淑慎其身。先君之思，以勖寡人。邶風燕燕

黍離，寫感觸之情者也。

彼黍離離，彼稷之苗。行邁靡靡，中心搖搖。知我者謂我心憂，不知我者謂我何求。悠悠蒼天，此何人哉。王風黍離三之一

黃鳥

黃鳥，寫死生之情者也。

交交黃鳥，止于棘。誰從穆公，子車奄息。維此奄息，百夫之特。臨其穴，惴惴其慄。彼蒼者天，殲我良人。如可贖兮，人百其身。秦風黃鳥三之一

伯兮

伯兮，寫契濶之情者也。

伯兮朅兮，邦之桀兮。伯也執殳，爲王前驅。

自伯之東，首如飛蓬。豈無膏沐，誰適爲容。

其雨其雨，杲杲出日。願言思伯，甘心首疾。

焉得諼草，言樹之背。願言思伯，使我心痗。

綢繆

綢繆，寫夫婦之情者也。

綢繆束薪，三星在天。今夕何夕，見此良人。子兮子兮，如此良人何。

綢繆束楚，三星在戶。今夕何夕，見此粲者。子兮子兮，如此粲者何。

常棣，寫兄弟之情者也。

常棣之華，鄂不韡韡。凡今之人，莫如兄弟。
死喪之威，兄弟孔懷。原隰裒矣，兄弟求矣。
脊令在原，兄弟急難。每有良朋，況也永歎。
兄弟鬩于牆，外禦其侮。每有良朋，烝也無戎。（小雅常棣八之四）

伐木，寫朋友之情者也。

伐木丁丁，鳥鳴嚶嚶。出自幽谷，遷于喬木。嚶其鳴矣，求其友聲。相彼鳥矣，猶求友聲。
矧伊人矣，不求友生。神之聽之，終和且平。（小雅伐木三之一）

蓼莪，寫親子之情者也。

蓼蓼者莪，匪莪伊蒿。哀哀父母，生我劬勞。
蓼蓼者莪，匪莪伊蔚。哀哀父母，生我勞瘁。
父兮生我，母兮鞠我。拊我畜我，長我育我。顧我復我，出入腹我。欲報之德，昊天罔極。
（小雅蓼莪六之三）

東山

三百篇長於寫景，寫景則無不眞。東山寫意境者也，用以之勞歸士。

我徂東山，慆慆不歸。我來自東，零雨其濛。果臝之實，亦施于宇。伊威在室，蠨蛸在戶。町畽鹿場，熠燿宵行。亦可畏也，伊可懷也。

我徂東山，慆慆不歸。我來自東，零雨其濛。鸛鳴于垤，婦歎于室。洒埽穹窒，我征聿至。有敦瓜苦，烝在栗薪。自我不見，于今三年。　豳風東山四之二

采薇

采薇，亦寫意景者也，又用以遣行戍。

昔我往矣，楊柳依依。今我來思，雨雪霏霏。行道遲遲，載渴載飢。我心傷悲，莫知我哀。　小雅采薇六之一

碩人

碩人，寫實景者也，在善於造語。

河水洋洋，北流活活。施罛濊濊，鱣鮪發發。葭菼揭揭。庶姜孽孽，庶士有朅。　衛風碩人四之一

君子于役

君子于役，亦寫實景者也，在善於取境。

君子于役，不知其期，曷至哉。雞棲于塒，日之夕矣，羊牛下來。君子于役，如之何勿思

碩人

無羊

七月

王風君子于役二之一

三百篇長於狀摹，狀摹則無不細。碩人，狀人者也。

手如柔荑，膚如凝脂，領如蝤蠐，齒如瓠犀，螓首蛾眉，巧笑倩兮，美目盼兮。衛風碩人四之一

無羊，狀物者也。

誰謂爾無羊，三百維群。誰謂爾無牛，九十其犉。爾羊來思，其角濈濈。爾牛來思，其耳溼溼。

或降于阿，或飲于池，或寢或訛。爾牧來思，何蓑何笠，或負其餱。三十維物，爾牲則具。小雅無羊四之二

三百篇有叙述平民生活之狀况者，七月，是也。

七月流火，九月授衣。一之日觱發，二之日栗烈，無衣無褐，何以卒歲。三之日于耜，四之日舉趾，同我父子，饁彼南畝，田畯至喜。

七月流火，九月授衣。春日載陽，有鳴倉庚。女執懿筐，遵彼微行，爰求柔桑。春日遲遲

，采繁祁祁。女心傷悲，殆及公子同歸。

六月食鬱及薁，七月烹葵及菽，八月剝棗，十月穫稻，爲此春酒，以介眉壽。七月食瓜，

八月斷壺，九月菽苴，采荼薪樗，食我農夫。

九月築場圃，十月納禾稼，黍稷重穋，禾麻菽麥。嗟我農夫，我稼既同，上入執宮功。晝爾于茅，宵爾索綯，亟其乘屋，其始播百穀。　豳風 七月八之四

斯干

三百篇有描畫一般社會之心理者，斯干，是也。

下莞上簟，乃安斯寢。乃寢乃興，乃占我夢。吉夢維何，維熊維羆，維虺維蛇。

大人占之，維熊維羆，男子之祥。維虺維蛇，女子之祥。

乃生男子，載寢之牀，載衣之裳，載弄之璋。其泣喤喤，朱芾斯皇，室家君王。

乃生女子，載寢之地，載衣之裼，載弄之瓦。無非無儀，唯酒食是議，無父母詒罹。　小雅 斯干九之四

女曰雞鳴

三百篇善於讚美，女曰雞鳴之類，是也。

女曰雞鳴，士曰昧旦。子興視夜，明星有爛。將翱將翔，弋鳧與雁。

弋言加之，與子宜之。宜言飲酒，與子偕老。琴瑟在御，莫不靜好。鄭風女曰雞鳴三之一

溱洧

三百篇善於諷刺，溱洧之類，是也。

溱與洧，方渙渙兮。士與女，方秉蕑兮。女曰觀乎，士曰既且。且往觀乎，洧之外，洵訏且樂。維士與女，伊其相謔，贈之以勺藥。鄭風溱洧二之一

大東

三百篇有於敘述中見思致者，例如大東。

東人之子，職勞不來。西人之子，粲粲衣服。舟人之子，熊羆是裘。私人之子，百僚是試。小雅大東七之一

伐檀

三百篇有於議論中見思致者，例如伐檀。

坎坎伐檀兮，寘之河之干兮。河水清且漣猗。不稼不穡，胡取禾三百廛兮。不狩不獵，胡瞻爾庭，有縣貆兮。彼君子兮，不素餐兮。魏風伐檀三之一

靈臺　清廟

此外，如稱美帝王之德業，祭祀宗廟之樂歌，堂皇典雅，聲韻鏗鏘。大雅氣派雍容，三頌尤饒韵美，雖爲貴族文學，而在文學上之價値，不多讓焉。

經始靈臺，經之營之。庶民攻之，不日成之。經始勿亟，庶民子來。

王在靈囿，麀鹿攸伏。麀鹿濯濯，白鳥翯翯。王在靈沼，於牣魚躍。大雅靈臺四之二

於穆清廟，肅雝顯相。濟濟多士，秉文之德。對越在天，駿奔走在廟。不顯不承，無射於人斯。周頌清廟

三百篇之永久價值

僅上所舉，已可窺見三百篇之真值，並得知其文學材料儲藏之富厚，而情韻悠長，尤能使千載以下讀者，動綿邈之思，稱爲文學淵藪，非過論也。

三百篇一變而爲楚辭

屈宋

第三章　楚辭代興與春秋戰國詩學之中斷（上）

三百篇一變而爲楚辭——屈宋——楚辭大而爲賦——楚辭不得列於詩統之間

三百篇一變而爲楚辭，楚辭者，蓋繼三百篇而興起者也。楚辭首離騷，其作者爲楚大夫屈原，原，郢人，事懷王爲三閭大夫，同列大夫上官靳尙妒害其能，共譖毀之，王乃流屈原，原作離騷，述美人香草以寓感，遂自投淵汨而死。離騷者，離憂也，負志未申，含情離愬，而有是作。劉彥和曰：「不有屈原，豈見離騷。」漢書藝文志有屈原賦二十五篇，無楚辭之名，當是後人所加。離騷之外，稱屈作者，有九歌九章漁父卜居天問遠遊……諸篇。（胡適指九歌與屈子事不相涉，天問語多不通，九章遠遊又皆效法離騷，以爲非出一人手。）宋玉景差之徒，慕而效之，有九辯招魂……諸作。（梁啟超謂九辯招魂均是屈子作。）詞至宋玉輩，已漸變屈子纏綿悱惻之意態，而具雄奇瑋麗之觀矣。

君不行兮夷猶，蹇誰留兮中洲。美要眇兮宜修，沛吾乘兮桂舟。令沅湘兮無波，使江水兮安流。望夫君兮歸來，吹參差兮誰思。駕飛龍兮北征，邅吾道兮洞庭。薜荔拍兮蕙綢，承荃橈兮蘭旌。望涔陽兮極浦，橫大江兮揚靈。揚靈兮未極，女嬋媛兮爲余太息。橫流涕兮潺湲，隱思君兮陫側。桂櫂兮蘭枻，斲冰兮積雪。采薜荔兮水中，搴芙蓉兮木末。心不同兮媒勞，恩不甚兮輕絕。石瀨兮淺淺，飛龍兮翩翩。交不忠兮怨長，期不信兮告余以不閒。朝騁騖兮江皐，夕弭節兮北渚。鳥次兮屋上，水周兮堂下。捐余玦兮江中，遺余佩兮澧浦。采芳洲兮杜若，將以遺兮下女。時不可兮再得，聊逍遙兮容與。 屈原九歌湘君

悲哉秋之爲氣也，蕭瑟兮草木搖落而變衰。憭慄兮若在遠行，登山臨水兮送將歸。泬寥兮天高而氣清，寂漻兮收潦而水清。憯悽增欷兮，薄寒之中人。愴怳懭悢兮，去故而就新。坎壈兮貧士失職而志不平，廓落兮羈旅而無友生，惆悵兮而私自憐。燕翩翩其辭歸兮，蟬寂寞而無聲。雁廱廱而南遊兮，鵾雞啁哳而悲鳴。獨申旦而不寐兮，哀蟋蟀之宵征。時亹亹而過中兮，蹇淹留而無成。 宋玉九辯之一

楚辭大而爲賦

楚辭雖源於三百篇，及其大而爲賦。賦者，六義之一也，屈原倡之，宋玉之徒和之，衍於孫卿，極於兩漢。劉歆七畧次賦爲四家，屈原其首也。章炳麟辨詩篇曰：「言賦者，多本屈原，漢世自賈生惜誓，上接楚辭，鵩鳥亦方物卜居，

楚辭不得列於詩統之間

而相如大人賦自遠遊流變，枚乘又以大招招魂散爲七發，其後漢武帝悼李夫人，班婕妤自悼，外及淮南東方朔劉向之倫，未有出屈宋唐景之外者也。』是楚辭既承襲三百篇之遺，乃獨能發輝光大，離詩自立，爲後世賦家不祧之宗，誠所謂以附庸而蔚爲大國者也。至於詩之傳統，迨不與焉。故楚辭者，不得列於詩統之間也。楚辭既承三百篇之餘業而盡變之，則春秋戰國詩學之不振，又奚足異哉。

第四章　楚詞代與與春秋戰國詩學之中斷（下）

春秋戰國詩學衰落之原因——傳記中當時之民間歌詩

春秋戰國詩學衰落之原因

春秋戰國時代文學之精華，既全萃於楚辭，而楚辭又適爲三百篇之貳臣，以致詩學中斷，寂寞且數百年，吾人欲探求其斷踪餘跡於荒煙亂莽中，誠屬不易。惟當時士大夫多解吟詩，所謂誦詩三百，然後授之以政。孔子曰：『不學詩，無以言。』是三百篇在當時尚能供人傳說，以爲縱橫詭辯之具，詩旨雖背，而詩學之不絕，或竟恃乎此，然詩學之一蹶而幾不振，亦未必非受此時代之影響也。延及兩漢，沐以膏澤，始克復生。故論春秋戰國時代之詩學，祇可於文人載籍中，搜集當時民間之歌詩，以求一代文學之遺跡，若求其所謂時代之產物者，不能也。

飯牛歌

甯戚欲干齊桓公，困窮無以自達，於是爲商旅將任車以商于齊，暮宿于國門外，桓公迎郊客，夜開門辟任取爝火甚衆，越飯牛車下，擊牛角而歌……桓公聞之，命後車載之，授之以政。（淮南子）

南山矸，白石爛，生不逢堯與舜禪，短布單衣適至骭，從昏飯牛至夜半，長夜漫漫何時旦。

滄浪之水白石粲，中有鯉魚長尺半，敝布單衣裁至骭，清朝飯牛至夜半。黃犢上坂且休息，吾將捨汝相齊國。

出東門兮石厲斑，上有松柏青且闌。麤布衣兮縕縷，時不遇兮堯舜主。牛兮努力食細草，大臣在爾側，吾當與汝適楚國。（飯牛歌）

易水歌

燕太子丹使荊軻刺秦王，至易水之上，既祖取道，高漸離擊筑，荊軻和而歌。為變徵之聲，士皆垂淚涕泣，乃又前而歌。（史記刺客列傳）

風蕭蕭兮易水寒，壯士一去兮不復還。（易水歌）

百里妻歌

百里奚為秦相，堂上樂作，所賃浣婦，自言知音，因撫絃而歌，問之，乃故妻也。（風俗通）

百里奚，五羊皮，憶別時，烹雌雞，今日富貴忘我為。（百里妻歌）

杞梁妻歌

齊人杞梁殖襲莒戰死，其妻哭於城下，七日而城崩。琴操云，殖死其妻援琴歌

之。（列女傳）

樂莫樂兮新相知，悲莫悲兮生別離。　杞梁妻歌

漁父歌

伍員奔吳，追者在後，至江，江中有漁父，子胥呼之，漁父欲渡，因作歌。子胥止蘆之漪，漁父又歌。既渡，視有飢色，曰「爲子取餉。」漁父去，子胥疑之，乃潛深葦中。父來，持麥飯鮑魚羹盎漿，求之不得，乃歌而呼之，子胥始出。（吳越春秋）

日月照乎寖已馳，與子期乎蘆之漪。

日已夕兮余心憂悲，月已馳兮何不渡爲，事寖急兮將奈何。

蘆中人，蘆中人，豈非窮士乎。　漁父歌

烏鵲歌

韓憑爲宋康王舍人，妻何氏美，王欲之，捕舍人築青陵之臺，何氏作烏鵲歌以見志，遂自縊。（彤管集）

南山有烏，北山張羅。烏自高飛，羅當奈何。

烏鵲雙飛，不樂鳳凰。妾是庶人，不樂宋王。

質直

春秋戰國時代之詩學雖微，而民間之韵語歌辭，亦尚不止此，所舉諸篇，特最爲後人所傳誦者也。惟均能以質直動人，不涉華縟，一代之風，於此可以窺其幾矣。

第五章　兩漢詩體衍進及樂府之特盛（上）

兩漢詩學以西京爲盛——垓下歌與大風歌——唐山夫人房中歌——韋孟——蘇李——蘇李贈答與古詩十九首並爲後世五言之祖——古詩十九首——班婕妤——東京詩人之寥落——張衡——秦嘉以次之作者

兩漢詩學以西京爲盛

兩漢詩學以西京爲盛，專主性情，惟作者寥寥，求其所謂大家者，無一人焉。然其詩雖少，而其體則備，上紹風雅，下啟六朝，零金碎玉，皆足千古，亦一奇也。

垓下歌與大風歌

項羽馬上英雄，咨睢暴厲，漢高市井下吏，際會風雲，俱不足與論風雅，而垓下之曲，大風之歌，爲千載下談風吐雅者所不能舉，情致淋漓，味之不盡，有漢文學之祥徵也。

力拔山兮氣概世，時不利兮騅不逝，騅不逝兮可奈何，虞兮虞兮奈若何。（項羽垓下歌）

大風起兮雲飛揚，威加海內兮歸故鄉，安得猛士兮守四方。（漢高大風歌）

唐山夫人房中歌

漢高起自豐沛，性好楚聲，乃令唐山夫人作房中歌十七章，以備祠樂，和平典雅，實爲兩漢有韻文學之先導，且足以上承風雅之餘緒，以論文學，漢高不無微力焉。

大孝備矣，休德昭明。高張四縣，樂充宮庭。芬樹羽林，雲景杳冥，金支秀華，庶旄翠旌。房中歌之一

大海蕩蕩水所歸，高賢愉愉民所懷。太山崔，百卉殖。民何貴，貴有德。房中歌之七

韋孟

韋孟家彭城，爲楚元王傅，傅子夷王，及孫王戊，戊荒淫不遵道，孟作詩諷諫，後遂去位，徙家於鄒，又作一篇。或曰：「其子孫好事，述先人之志而作是詩也。」孟詩祗二篇，一題諷諫，一題在鄒，詩皆四言，樸質無文，是蓋欲追三百而未能也。然後世爲四言者，無不宗法韋孟，劉彥和曰：「四言近體，淵雅爲本，韋孟之作，可謂淵雅。」

微微小子，旣耇且陋。豈不幸位，穢我王朝。皇朝肅清，唯俊之庭。顧瞻余躬，懼穢此征。我之退征，請于天子。天子我恤，矜我髮齒。赫赫天子，明哲且仁。懸車之義，以洎小臣。嗟我小子，豈不懷土。庶我王寤，越遷于魯。旣去禰祖，惟懷惟顧。祁祁我徒，戴負

盈路。爰戾於鄒，髟茅作堂。我從我環，築室于牆。我既遷逝，心存我舊。夢我瀆上，立于王朝。其夢如何，夢爭王室。其爭如何，夢王我弼。寤其外邦，歎其喟然。念我祖考，泣涕其漣。微微老矣，咨既遷絕。洋洋仲尼，視我遺烈。濟濟鄒魯，禮義維恭。誦習絃歌，于異他邦。我雖鄙耇，心其好而。我徒侃爾，樂亦在而。（韋孟在鄒篇）

蘇李

蘇李贈答與古詩十九首並爲後世五言之祖

李陵蘇武當漢隆盛，武功事業，標炳顯著，而竟以詩傳。陵字少卿，武帝時爲騎都尉，以兵敗降匈奴。蘇武字子卿，武帝時以中郎將使匈奴，困匈奴十九年。二人皆以悲憤抑鬱之氣，置身荒沙冷月之鄉，搔首踟躕，不能自已，於是情景所激，發爲哀音。其詩情詞悱惻，直凌三百，與古詩十九首並爲後世五言之祖。論者以漢志不載，疑爲僞託，言雖有徵，但不知漢後誰可爲此者。任昉曰：『五言始於漢騎都尉李陵與蘇武詩，』任氏去漢未遠，其言當可信也。李詩凡三篇，蘇詩凡四篇。

良時不再至，離別在須臾。屏營衢路側，執手野踟躕。仰視浮雲馳，奄忽互相踰。風波一失所，各在天一隅。長當從此別，且復立斯須。欲因晨風發，送子以賤軀。（李詩三之一）

古詩十九首

結髮爲夫妻，恩愛兩不疑。歡娛在今夕，燕婉及良時。征夫懷遠路，起視夜何其。參辰皆已沒，去去從此辭。行役在戰場，相見未有期。握手一長歎，淚爲生別滋。努力愛春華，莫忘歡樂時。生當復來歸，死當長相思。（蘇詩四之一）

古詩十九首，驚心動魄，一字千金，怨而不怒，哀而不傷，三百篇之遺也。惟作者年代，不可深考。玉臺新詠以西北有高樓東城高且長涉江采芙蓉青青河畔草庭中有奇樹迢迢牽牛星明月何皎皎數篇爲枚乘之作。文心彫龍以冉冉孤生竹一篇爲傅毅之詞。昭明文選並題古詩，而列李陵蘇武以前。鍾嶸詩評云：「古人渺邈，人代難詳，推其文體，固是炎劉之作。」約皆逐臣棄妻朋友契濶遊子他鄉。死生新故之感也。

西北有高樓，上與浮雲齊。交疏結綺窗，阿閣三重階。上有絃歌聲，音響一何悲。誰能爲此曲，無乃杞梁妻。清商隨風發，中曲正徘徊。一彈再三歎，慷慨有餘哀。不惜歌者苦，但傷知音稀。願爲雙鳴鶴，奮翅起高飛。

冉冉孤生竹，結根泰山阿。與君爲新婚，兔絲附女蘿。兔絲生有時，夫婦會有宜。千里遠結婚，悠悠隔山陂。思君令人老，軒車來何遲。傷彼蕙蘭花，含英揚光輝。過時而不采，將隨秋草萎。君亮執高節，賤妾亦何爲。古詩十九首之二

古詩

古詩十九首之外，尚有上山采蘼蕪，橘柚垂華實十五從軍征步出東城門諸篇，亦不知作者年代姓氏，情景逼眞，宛轉動人，十九首之亞也。

上山采蘼蕪，下山逢故夫。長跪問故夫，新人復何如。新人雖言好，未若故人姝。顏色類相似，手爪不相如。新人從門入，故人從閤去。新人工織縑，故人工織素。織縑日一匹，織素五丈餘。將縑來比素，新人不如故。上山采蘼蕪

班婕妤

班婕妤左曹越騎校尉況之女，少有才學，成帝時選入後宮，爲婕妤。後趙飛燕譖告許皇后班婕妤挾媚道祝詛，婕妤對曰：「修正尙未蒙福，爲邪欲以何望。」上善其對。婕妤恐久見危，求供養太后於長信宮，乃作怨詩，託辭於紈扇。鍾嶸詩評曰：『團扇章短，辭旨淸捷，怨深文綺。』孫月峯並以爲後世宮詞之祖。中國婦女能詩，而見諸史册者，唐山夫人與班婕妤其首也。

新裂齊紈素，鮮潔如霜雪。裁爲合歡扇，團團似明月。出入君懷袖，動搖微風發。常恐秋

秋風辭落葉哀蟬曲白頭吟三辭之作者

節至，涼飆奪炎熱。棄捐篋笥中，恩情中道絕。（班婕妤團扇詩）

此外，武帝有秋風辭落葉哀蟬曲司馬相如妻卓文君有白頭吟，均為後人所豔稱。秋風辭事見漢武帝故事，落葉哀蟬曲事見王子年拾遺記，二書均小說家言，殊難置信。白頭吟為文君以司馬相如將聘茂陵女為妾而作，事見西京雜記，但西京雜記亦小說家言，且不著其辭，未可遽以此詩當之。玉臺新詠載此篇，題作皚如山上雪，不云白頭吟，亦不云何人作也。宋書大曲有白頭吟，作古辭，御覽樂府詩集同之，亦無文君作白頭吟之說。是以上三詩，其作者均尚待考，然其詩固皆可讀也。

秋風起兮白雲飛，草木黃落兮雁南歸。蘭有秀兮菊有芳，懷佳人兮不能忘。汎樓船兮濟汾河，橫中流兮揚素波。簫鼓鳴兮發棹歌。歡樂極兮哀情多，少壯幾時兮奈老何。（秋風辭）

皚如山上雪，皎若雲間月。聞君有兩意，故來相決絕。今日斗酒會，明日溝水頭。躞蹀御溝上，溝水東西流。淒淒復淒淒，嫁娶不須啼。願得一心人，白頭不相離。竹竿何嫋嫋，魚尾何簁簁。男兒重意氣，何用錢刀為。（白頭吟）

東京詩人之寥落

降及東京，作者愈少，去西京渾厚之氣亦愈遠，一代名篇，可憶而數；蓋國勢衰落，文運亦隨之。能存兩京餘音者，惟張衡一人而已。

張衡

張衡字平子，南陽人，善屬文，安帝時，出爲河間相，因天下漸弊，鬱鬱不得志，乃效屈原美人香草之喩，作四愁詩以見意。詩格甚奇，情詞亦厚，後人多樂擬之。

我所思兮在太山，欲往從之梁父艱，側身東望涕沾翰。美人贈我金錯刀，何以報之英瓊瑤。路遠莫致倚逍遙，何爲懷憂心煩勞。（張衡四愁詩之一）

秦嘉以次之作者

其他尚有，秦嘉夫婦贈答詩蘇伯玉妻盤中詩蔡琰悲憤詩孔融雜詩等，亦均能發乎情止乎禮義，惜乎兩漢之氣勢盡矣。

人生譬朝露，居世多屯蹇。憂艱常早至，歡會常苦晚。念當奉時役，去爾日遙遠。遣車迎子還，空往復空返。省書情悽愴，臨食不能飯。獨坐空房中，誰與相勸勉。長夜不能眠，伏枕獨展轉。憂來如循環，匪席不可卷。（秦嘉留郡贈婦詩之一）

餘如文章經術名家，亦間爲詩，既非其所長，又無影響於時代，故不復徵引。

詩體衍進兩漢實啓其端

兩漢詩學，略如上述，韋孟之四言，蘇李之五言，均爲後世四五言詩之祖。論者且以柏梁聯句，爲七言之始，惟有人疑爲僞託，姑存之以備一說。總之，吾國詩體之衍進，兩漢實啟其端矣。

第六章　兩漢詩體衍進及樂府之特盛（下）

兩漢樂府之勃興——漢樂府之種別——相和歌辭——雜曲歌辭——兩漢樂府爲一代文學正統

兩漢樂府之勃興

古詩皆可入樂，周衰世亂，詩亡樂廢，屈宋之徒，以九歌諸篇侑樂，九章等篇寫情，而塗徑分矣。秦承六國之敝，鄭衛之音，深投人主之好；六代廟樂，惟韶武存焉。降及漢世，聲詩既判，樂府始與詩分，雅亡而頌幾絕，所可歌者惟風耳。孝武帝雅好文學，樂府設官，采詩夜誦，有趙代秦楚之謳，蓋皆風也。而頌之存者，祇有安世房中歌及郊祀歌辭等篇，至短簫鐃歌，乃軍中之樂，馬上之曲，其音製崎嶇淫僻，止可度之鼓吹笛笳，不可被之琴瑟金石，爲殿廷之樂也。

練時日，侯有望。焫膋蕭，延四方。九重開，靈之斿。垂惠恩，鴻祜休。靈之車，結玄雲。駕飛龍，羽旄紛。靈之下，若風馬。左蒼龍，右白虎。靈之來，神哉沛。先以雨，般裔裔。靈之至，慶陰陰。相放悊，震淡心。靈已坐，五音飭。虞至旦，承靈億。牲繭栗，粢盛香。尊桂酒，賓八鄉。靈安留，吟青黃。徧觀此，眺瑤堂。衆嫭並，綽奇麗。顏如荼。兆逐靡。被華文，厠霧縠。曳阿錫，佩珠玉。俠嘉夜，茝蘭芳。淡容與，獻嘉觴。（郊祀歌辭十九章之一練時日）

漢樂府之種別

郭茂倩樂府詩集分郊廟歌辭燕射歌辭鼓吹曲辭橫吹曲辭相和歌辭淸商歌辭舞曲歌辭琴曲歌辭雜曲歌辭近代曲辭雜謠歌辭新樂府辭十二部。夫郊廟頌也，漢頌已如上述。燕射鼓吹橫吹舞曲雅也，琴曲亦雅之流也，而漢雅云亡。淸商風也，而爲吳聲。西曲江南諸弄與近曲新辭，皆無與於漢。若雜謠歌辭，明其爲非曲也，不得列於樂府之風。是漢風之大部，惟相和歌辭與雜曲歌辭二種。

相和歌辭

相和歌辭，在漢風爲最多。宋書樂志曰：『相和漢舊曲也，絲竹更相和，執節者歌。』唐書樂志曰：『平調淸調瑟調，皆周房中曲之遺聲也，漢世謂之三調。又有楚調側調。楚調者，漢房中樂也。高祖好楚聲，故房中樂皆楚聲。側調者，生於楚調，與前調總謂之相和調。』郭茂倩樂府詩集，於各調皆舉其樂器之種別，以爲區分，今多不可考。

試舉漢相和歌辭之名篇而列之：相和歌辭相和曲中，鷄鳴烏生平陵東陌上桑其著者也。平調曲中長歌行其著者也。淸調曲中，相逢狹路行其著者也。瑟調曲中，東門行飲馬長城窟婦病行孤兒行雁門太守行艷歌何嘗行其著者也。楚調曲中，白頭吟梁父吟怨歌行其著者也。

雞鳴高樹顚，狗吠深宮中。蕩子何所之，天下方太平。刑罰非有貸，柔協正亂名。黃金爲君門，璧玉爲軒堂。上有雙樽酒，坐使邯鄲倡。劉王碧靑甓，後出郭門王。舍後有方池，池中雙鴛鴦。鴛鴦七十二，羅列自成行。鳴聲何啾啾，聞我殿東廂。兄弟四五人，皆爲侍中郎。五日一時來，觀者滿路傍。黃金絡馬頭，熲熲何煌煌。桃生露井上，李樹生桃旁。蟲來齧桃根，李樹代桃殭。樹木身相代，兄弟還相忘。雞鳴

靑靑河畔草，緜緜思遠道。遠道不可思，宿昔夢見之。夢見在我傍，忽覺在他鄉。他鄉各異縣，展轉不相見。枯桑知天風，海水知天寒。入門各自媚，誰肯相爲言。客從遠方來，遺我雙鯉魚。呼兒烹鯉魚，中有尺素書。長跪讀素書，書中竟何如。上言加餐食，下言長相憶。飲馬長城窟行

雜曲歌辭，亦風之義也。郭茂倩曰：『雜曲者，歷代有之，或心志之所存，或情思之所感，或宴游歡樂之所發，或憂愁悲憤之所興，或敍別離悲傷之懷，或言征戰行役之苦，或緣於佛老，或出自夷虜，兼收備載，故總謂之雜曲。自秦漢以來，數千百歲，文人才士，作者非一，干戈之後，喪亂之餘，亡失旣多，聲辭不具，故有名存義亡不見所起而有古辭可考者，復有不見古辭而後人繼有擬述可以概見其義者，又有因意命題或學古叙事不必古有是辭者，皆雜曲也。』

雜曲歌辭視相和歌辭爲少，而類皆珍品，羽林郎董嬌嬈孔雀東南飛同聲歌定情詩其最著者也。孔雀東南飛一篇，凡千數百字，爲古今詩歌中之最長篇，情詞兼美，千古絕調，漢樂府之冠冕也。

昔有霍家奴，姓馮名子都。依倚將軍恃，調笑酒家胡。胡姬年十五，春日獨當壚。長裾連理帶，廣袖合歡襦。頭上藍田玉，耳後大秦珠。兩鬟何窈窕，一世良所無。一鬟五百萬，兩鬟千萬餘。不意金吾子，娉婷過我廬。銀鞍何煜爚，翠蓋空踟躕。就我求清酒，絲繩提玉壺。就我求珍肴，金盤膾鯉魚。貽我青銅鏡，結我紅羅裾。不惜紅羅裂，何論輕賤軀。男兒愛後婦，女子重前夫。人生有新故，貴賤不相踰。多謝金吾子，私愛徒區區。（羽林郎）

洛陽城東路，桃李生路旁。花花自相對，葉葉自相當。春風東北起，花葉正低昂。不知誰家子，提籠行采桑。纖手折其枝，花落何飄颺。請謝彼姝子，何爲見損傷。高秋八九月，白露變爲霜。終年會飄墮，安得久馨香。秋時自零落，春月復芬芳。何時盛年去，懽愛永相忘。吾欲竟此曲，此曲愁人腸。歸來酌美酒，挾瑟上高堂。（董嬌饒）

兩漢樂府爲一代文學正統

兩漢文學，論者每盛稱其辭賦，不知可以代表時代而爲文學正統者，乃樂府歌詩也。漢賦競尚詞華，類多出自貴族，故以富麗誇大爲能事，樂府歌詩，則采自民間，與十五國風同其流，英華所萃，一代之精神繫焉。

第七章　魏詩爲六朝詩學之先導

魏詩上束兩漢下啟六朝——曹操——孟德樂府諸篇猶存兩漢餘音——曹丕——子桓七言諸篇爲後世七言之祖——曹植——子建公讌諸篇開六朝華麗之端——建安諸子——嵇康——阮籍——側平民文學於正統者曹氏父子之功

有魏詩學，上束兩漢，下啟六朝，曹氏父子，持其鎖鑰，而王粲之徒，皆爲之關門啟戶者也，曹操刱造大業，文武並施，以文學勵天下士，一時文學之士，趨附之若恐不及，所謂建安七子者，皆其倫也。而曹氏父子，亦雅能好之，操子植更冠絕其倫，故一代文學，稱極盛焉。正始以後，玄風漸熾，學者每發爲玄妙之思，以相高尚，詩雜仙心，爲世所指。惟阮籍詠懷諸篇，寄託深遠，與十五國風同其流，論者且稱爲五言之冠，自茲以往，遂浸淫以入於六朝。

四言在漢，漸呈沒泊，至魏則已屆末運，魏武以雄壯出之，故短歌猶存慷慨之音。王粲以降，作者雖衆，而氣均不足以舉其辭。五言在魏，正如日之初昇，惟尚須海氣雲峰以渲染之，子建點翰着色於有意無意之間，故其詩不盡美。子桓七言，又唐體七言之濫觴也。至樂府諸篇，多曹氏父子之辭。餘如王粲阮瑀左延年輩，僅或一得。民間之詩，則更無一焉。樂府不釆，風亡於魏。而公讌獻詩，情不由己，詩之流弊，見其端矣。

曹操

曹操字孟德，沛國譙郡人，少機警，有權術，舉孝廉爲郎，遷南頓令，後封魏王，丕立，追謚曰武皇帝。操篤好文學，讀書手不釋卷，持節秉鉞馳驅於戎馬間，猶不忘吟咏，故情之所至，輒爲激楚之音，所謂沈雄竣爽，時露霸氣者是也。尤長於樂府，魏書稱武帝詩，皆可被之管絃，諒非虛語。有魏詩學，能存兩漢之餘音者，曹氏一人而已。

對酒當歌，人生幾何。譬如朝露，去日苦多。慨當以慷，憂思難忘。何以解憂，唯有杜康。青青子衿，悠悠我心。但爲君故，沈吟至今。呦呦鹿鳴，食野之苹。我有嘉賓，鼓瑟吹笙。明明如月，何時可掇。憂從中來，不可斷絕。越陌度阡，枉用相存。契濶談讌，心念舊恩。月明星稀，烏鵲南飛。繞樹三匝，何枝可依。山不厭高，水不厭深。周公吐哺，天下歸心。曹操短歌行

曹丕

曹丕字子桓，操太子，爲五官中郞將，武帝薨，嗣位爲丞相魏王，受漢禪，卽皇帝位。丕慕通達，天資猥薄，其才則洋洋清麗，故所爲詩，一變乃父沈雄頓鬱之音，而具便娟婉約之致。七言猶工。七言始於楚辭大招，漢劉向輩，亦時爲之，然俱未能成體，栢梁聯句又疑其僞託，應以子桓爲宗。

秋風蕭瑟天氣涼，草木搖落露爲霜。羣燕辭歸雁南翔，念君客遊思斷腸。慊慊思歸戀故鄉，君何淹留寄他方。賤妾煢煢守空房，憂來思君不敢忘，不覺淚下霑衣裳。援琴鳴絃發清商，短歌微吟不能長。明月皎皎照我床，星漢西流夜未央。牽牛織女遙相望，爾獨何辜限河梁。（曹丕燕歌行）

曹叡

曹叡字元仲，丕子，年十五封武德侯。旋封平原王，文帝病篤，始立爲太子。叡亦能詩，樂府諸篇，聲情妍雅，以視乃祖若父，瞠乎後矣。

靜夜不能寐，耳聽衆禽鳴。大城育狐兎，高墉多鳥聲。壞宇何寥廓，宿屋邪草生。中心感時物，撫劍下前庭。翔佯於階際，景星一何明。仰首觀靈宿，北辰奮休榮。哀彼失羣燕，喪偶獨煢煢。單心誰與侶，造房孰與成。徒然喟有和，悲慘傷人情。余情偏易感，懷往增

憤盈。吐吟音不徹，泣涕沾羅纓。　曹叡長行歌

曹植

曹植字子建，操第三子，丕同母弟也。建安十六年始封平原侯，尋徙封臨菑。丕即帝位，貶爲安鄉侯，繼又立爲鄄城王，徙封雍丘。明帝時，改封浚儀，復還雍丘，徙東阿，終封於陳。懷才見嫉，鬱鬱終身，薨年四十一，謚曰思。植天資聰敏，冠絕其倫，與王粲徐幹陳琳阮瑀應瑒劉楨輩以詩文相角逐，莫能相抗，史稱之爲建安之傑。其詩以情爲主，以才氣爲用，而敷之以藻麗，故極婉轉紆徐之致。至情詞深惻，不堪卒讀。彫辭飾句之作，雖屬無幾，而六朝華縟之風，實啟其端。著有賦頌詩銘雜文凡百餘篇。

公子敬愛客，終宴不知疲。清夜遊西園，飛蓋相追隨。明月澄清景，列宿正參差。秋蘭被長坂，朱華冒綠池。潛魚躍青波，好鳥鳴高枝。神飆接丹轂，輕輦隨風移。飄颻放志意，千秋長若斯。　曹植公讌詩

明月照高樓，流光正徘徊。上有秋思婦，悲歎有餘哀。借問歎者誰，云是宕子妻。君行踰十年，孤妾常獨棲。君若清路塵，妾若濁水泥。浮沉各異勢，會合何時諧。願爲西南風，

長逝入君懷。君懷時不開，賤妾欲何依。　曹植七哀

王粲

王粲字仲宣，山陽高平人，獻帝西遷，粲從至長安，以西京擾亂，乃之荆州依劉表，後太祖辟爲右丞相掾，拜侍中，建安二十二年卒。鍾嶸詩評稱其詩『文秀而質羸，在曹（植）劉（楨）間別構一體，方陳思不足，比魏文有餘，』著有詩賦論議凡六十餘篇。

西京亂無象，豺虎方遘患。復棄中國去，委身適荆蠻。親戚對我悲，朋友相追攀。出門無所見，白骨蔽平原。路有飢婦人，抱子棄草間。顧聞號泣聲，揮涕獨不還。未知身死處，何能兩相完。驅馬棄之去，不忍聽此言。南登霸陵岸，回首望長安。悟彼下泉人，喟然傷心肝。　王粲七哀詩之一

劉楨

劉楨字公幹，東平人，曹操掾爲丞相辟屬，太子丕嘗宴諸文學，酒酣，命夫人甄氏出拜，坐中咸伏，楨獨平視，操聞之，乃收治罪，減死輸左作，建安二十二年卒。楨與王粲齊名，而亞於子建。鍾嶸詩評稱其詩『仗氣愛奇，動多振絕，貞骨陵霜，高風跨俗，但氣過其文。』曹丕云：『公幹有逸氣，但未遒耳。』

陳琳

徐幹

至於五言詩之善者，妙絕時倫。」著有詩賦數十篇。

余嬰沈痼疾，竄身清漳濱。自夏涉玄冬，彌曠十餘旬。常恐遊岱宗，不復見故人。所親一何篤，步趾慰我身。清談同日夕，情盼叙憂勤。便復為別辭，遊車歸西鄰。素葉隨風起，廣路揚埃塵。逝者如流水，哀此遂離分。追問何時會，要我以陽春。望慕結不解，貽爾新詩文。勉哉修令德，北面自寵珍。（劉楨贈五官中郎將詩四之一）

陳琳字孔璋，廣陵人，避亂冀州，袁紹辟之使典密事，紹死，曹操辟為軍謀祭酒，典記史，以病卒。軍國書檄，多琳所作，亦能詩。

飲馬長城窟，水寒傷馬骨。往謂長城吏，慎莫稽留太原卒。官作自有程，舉築諧汝聲，男兒寧當格鬭死，何能怫鬱築長城。長城何連連，連連三千里。邊城多健少，內舍多寡婦。作書與內舍，便嫁莫留住。善事新姑嫜，時時念我故夫子。報書往邊地，君今出語一何鄙。身在禍難中，何為稽留他家子。生男慎莫舉，生女哺用脯。君獨不見長城下，死人骸骨相撐拄。結髮行事君，慊慊心意間。明知邊地苦，賤妾何能久自全。（陳琳飲馬長城窟行）

徐幹字偉長，北海人，為司空軍謀祭酒掾屬，五官中郎將（丕）文學。丕極稱其賦曰：『徐幹時有齊氣，然粲之匹也。』亦能詩。

與君結新婚，宿昔當別離。涼風動秋草，蟋蟀鳴相隨。冽冽寒蟬吟，蟬吟抱枯枝。枯枝時飛揚，身體忽遷移。不悲身遷移，但惜歲月馳。歲月無窮極，會合安可知。願爲雙黃鵠，比翼戲清池。（徐幹爲挽船士與新娶妻別詩）

應瑒

應瑒字德璉，汝南人，曹操辟爲丞相掾屬，後爲五官中郎文學。瑒長於文章，曹丕稱其『和而不壯。』亦能詩。

朝雁鳴雲中，音響一何哀。問子遊何鄉，戢翼正徘徊。言我寒門來，將就衡陽棲。往春翔北土，今冬客南淮。遠行蒙霜雪，毛羽日摧頹。常恐傷肌骨，身隕沈黃泥。簡珠墮沙石，何能中自諧。欲因雲雨會，濯翼陵高梯。良遇不可值，伸眉路何階。公子敬愛客，樂飲不知疲。和顏既以暢，乃肯顧細微。贈詩見存慰，小子非所宜。爲且極歡情，不醉其無歸。凡百敬爾位，以副飢渴懷。（應瑒侍五官中郎將建章台集詩）

阮瑀

阮瑀字元瑜，陳留人，曹操爲司空，召爲軍謀祭酒，與陳琳共管記室，長於章表，亦能詩。

民生受天命，漂若河中塵。雖稱百齡壽，孰能應此身。猶獲嬰凶禍，流離恒苦辛。 阮瑀怨詩

嵇康

嵇康字叔夜，譙郡人，好言莊老，而尚奇任俠，與魏宗室婚，拜中散大夫。山濤爲吏部，舉康自代，康答書言不堪流俗，非薄湯武。大將軍司馬昭聞之而怒，以鍾會譖殺之。康有奇才，博覽無所不見。孫登嘗謂之曰：「子才多識寡，難乎免於今之世也。」其詩清峻，四言有別致。

息徒蘭圃，秣馬華山。流磻平皐，垂綸長川。目送飛鴻，手揮五絃。俯仰自得，游心太玄。嘉彼釣叟，得魚忘筌。郢人逝矣，誰肯與言。 嵇康贈秀才從軍十九之一

阮籍

阮籍字嗣宗，陳留尉氏人，瑀子，蔣濟辟爲掾，謝病去，旋爲尚書郎，高貴鄉公時，進爲散騎常侍。大將軍昭欲爲其子炎求婚，籍乃醉六十日，不得言而止。後引爲從事中郎，籍聞步兵厨多美酒，遂求爲步兵校尉以終。籍有詠懷詩八十餘首，反覆零亂，興寄無端，和愉哀怨，雜集其中，爲古詩十九首後僅有之作。鍾嶸詩評稱其詩：「無彫蟲之巧，而詠物詠懷，可以舒性靈，發幽思，言

繁欽應璩以次之作者

側重民文學於正統者曹氏父子之功

猶耳目之內，情寄八荒之外，洋洋乎源於風雅。』顏延年曰：『籍在晉代，常慮禍患，故發此詠。看來諸詠，非一時所作，因情觸景，隨興寓言，有說破者，有不說破者，忽哀忽樂，俶詭不羈。』五言之冠冕也。

嘉樹下成蹊，東園桃與李。秋風吹飛藿，零落從此始。繁華有憔悴，堂上生荊杞。驅馬舍之去，去上西山趾。一身不自保，何況戀妻子。凝霜被野草，歲暮亦云已。

儻言發魏都，南向望吹臺。簫管有遺音，梁王安在哉。戰士食糟糠，賢者處蒿萊。歌舞曲未終，秦兵已復來。夾林非吾有，朱宮生塵埃。軍敗華陽下，身竟為土灰。（阮籍詠懷之二）

此外與建安諸子齊名者，如繁欽應璩繆襲左延年輩，亦均能詩，應著詩甚多，繁繆左俱以樂府稱。

生時遊國都，死沒棄中野。朝發高堂上，暮宿黃泉下。白日入虞淵，懸車息駟馬。造化雖神明，安能復存我。形容少歇滅，齒髮行當墮。自古皆有然，誰能離此者。（繆襲挽歌）

兩漢之詩，專於述情，六朝乂益之以藻麗，魏其最初之染翰著色者也。故魏詩已漸變兩漢質直之風，稍涉於華縟。至樂府諸篇，雖非采自民間，觀其刻意擬摹。，似。有。所。慕。尚。，所謂。側。平。民。文。學。於。正。統。之。間。者。，曹。氏。父。子。之。功。也。。

第八章　兩晉詩學極盛與中興以後作者之玄思（上）

晉承魏響風雅之音一變而爲華縟——三張二陸兩潘一左與同時之作者——劉琨盧諶——司馬彪歐陽健以次之作者

晉承魏響風雅之音一變而爲華縟

晉承有魏詩學之餘韻，而力振之，藻思有餘，才力不足，風雅之音，一變而爲華縟。建安風力，於是乎盡矣。然而作者甚衆。太康（武帝）以降，歷元康（惠帝）以迄永嘉（懷帝）四十年間，所謂三張（張華張載張協）二陸（陸機陸雲）兩潘（潘岳潘尼）一左（左思）傅玄劉琨之倫，均能含芬吐艷，敷藻結麗，以相標尙，俊秀奇英，後先輝映，其所爲詩，史稱之曰太康體。玄學於此際，正如微風徐扇，翔雲漸集，作者又均不免雜入多少玄思，致爲詩思之梗，孫楚盧諶諸人，其顯著者也。迨及元帝，中興江左，河洛之地，淪於胡虜，北方文人，方流離轉徙於戎馬間，何暇致力吟詠，而衣冠文物，遂悉萃南服，即後世論文者，亦莫不首推江左。惟玄風大熾，一時諸彥，皆好語玄虛，爲學窮於柱下，博物止乎七篇。馳騁文辭，義殫乎此。蕭子顯南齊書文苑傳論云：「江左風味，盛道家之言，郭璞舉其靈變，許恂極其名理，仲文（殷仲文）玄氣，猶不盡除，謝混清新，得名未盛……』郭璞之作，寄喻多端，允推中興第一。孫綽許恂之詩，惜乎傳者已寡。至仲文謝混，殆皆欲革玄風而未能者也。沈約謝靈運傳論云：『仲文始革孫許之風，叔源（謝混字）大變太元之氣……』蓋自建武（元帝）以至義熙（安帝）爲玄學極盛時期，文人學士浸泊於其中者，且百載，欲一旦革除，誠屬匪易，矧謝氏等之聲名才力有所未逮乎。獨陶潛能以人生之趣，發爲詩歌，玄言之殺，語及田舍，高風亮節，蔚爲一代大宗，實則其一切思想，亦莫非由玄學蛻化而出，勢之所趨，固莫可如之何也。

詩體

四言在晉，作者甚衆，然均庸下無足觀，大家如張華勵志，束晳補亡，應貞華林，潘岳關中以及劉琨盧諶之酬贈，陶潛之停雲……皆爲時人所稱許贊賞弗置者，非但不足以抗顏三百，即視韋孟如登天，非諸子之材劣，四言之勢盡也。五言在晉，正如堆錦，華縟之外，又益之以工整，字儷句偶，法亦稍密焉。七言至梁陳，始有作者，晉宋之間，率不一得。蓋晉宋以降，正五言推衍時期也。

張華

張華字茂先，范陽方城人，晉武帝受禪，以爲黃門侍郎，贊伐吳有功，封廣武侯，元康（惠帝）六年拜司空，與趙王倫孫秀有隙，爲倫秀所害。鍾嶸詩評稱其詩『兒女情多，風雲氣少。』謝康樂云：『張公雖復千箱，猶一體耳。』所論雖不盡然，而其體浮艷，實少淩空矯健之致。何義門云：『張公詩惟勵志一篇，餘均女郎詩也。』亦非中論。

清風動帷簾，晨月照幽房。佳人處遐遠，蘭室無容光。襟懷擁虛景，輕衾覆空牀。居歡惜夜促，在慼怨宵長。拊枕獨嘯歎，感慨心內傷。

游目四野外，逍遙獨延佇。蘭蕙緣清渠，繁華蔭綠渚。佳人不在茲，取此欲誰與。巢居知風寒，穴處識陰雨。不曾遠別離，安知慕儔侶。（張華情詩）

何劭

何劭字敬祖，陳國陽夏人，司空曾之子，武帝踐祚，以爲散騎常侍，永康（惠帝）中，初遷司徒，趙王倫篡位，以爲太宰，卒襲封朗陵郡公。何義門以其遊仙詩爲遊仙正體，郭宏農（郭璞）其變也。

青青陵上松，亭亭高山栢。光色冬夏茂，根柢無彫落。吉士懷貞心，悟物思遠託。揚志玄雲際，流目矚巖石。羨昔王子喬，友道發伊洛。迢遞陵峻岳，連翩御飛鶴。抗跡遺萬里，豈戀生民樂。長懷慕仙類，眩然心綿邈。　何劭遊仙詩

傅玄　傅咸

傅玄字休奕，北地泥陽人，州舉秀才，遷至司隸校尉。其詩長於樂府，短於古詩。樂府諸篇，多有新致，唐人樂府之先聲也。子咸字長虞，舉孝廉，拜太子洗馬，後爲司隸校尉，亦能詩。

車遙遙兮馬洋洋，追思君兮不可忘。君安遊兮西入秦，願爲影兮隨君身。君在陰兮影不見，君依光兮妾所願。　傅玄車遙遙篇

日月光太清，列宿曜紫微。赫赫大晉朝，明明闢皇闈。吾兄旣鳳翔，王子亦龍飛。雙鸞遊蘭渚，二離揚光輝。攜手升玉階，並坐侍丹帷。金璫綴惠文，煌煌發令姿。斯榮非攸庶，繾綣情所希。豈不企高蹤，麟趾邈難追。臨川靡芳餌，何爲守空坻。槁葉待風飄，逝將與君違。違君能無戀，尸素當言歸。歸身蓬蓽廬，樂道以忘飢。進則無云補，退則恤其私。但願隆宏美，王度日清夷。　傅咸贈何劭王濟詩

束晳字廣微，陽平元城人，父惠爲馮翊太守，兄璆與晳齊名，晳博學多識，問無不對，三十九歲卒，元城爲之廢市。著有補亡詩六篇，其自序曰：「晳與同業疇人，肆修鄉飲之禮，然所詠之詩，或有義無辭，音樂取節，闕而不備，於是遙想既往，存思在昔，補著其文，以綴舊制。」所作雖力摹三百篇，而讀之純是晉語，詩固可存，以入三百，猶未能也。

循彼南陔，言采其蘭。眷戀庭闈，心不遑安。彼居之子，罔或遊盤。馨爾夕膳，潔爾晨餐。

循彼南陔，厥草油油。彼居之子，色思其柔。眷戀庭闈，心不遑留。馨爾夕膳，潔爾晨羞。

有獺有獺，在河之涘。凌彼赴泊，噬魴捕鯉。嗷嗷林鳥，受哺于子。養隆敬薄，惟禽之似。勗增爾虔，以介丕祉。（束晳補亡六之一南陔）

陸機字士衡，吳郡人，大司馬抗之子也，少爲吳門牙將軍，吳亡入洛，太傅楊駿，辟爲祭酒，趙王倫輔政，引爲參軍。泰安（惠帝）初，成都王穎等起兵討長沙王乂，假機後將軍河北大都督，因戰敗，爲穎所害。鍾嶸詩評稱其詩：『才高辭贍，舉體華密，氣少於公幹（劉楨），文劣於仲宣（王粲），但尙規矩，不貴綺錯，有傷直寄之奇也。』又稱其擬詩十二首：『文澤以麗，意悲而切，驚心動魄，幾於一字千金。』惟詞旨浮淺，專工塗澤，不類詩而類賦。且擬古諸篇，士衡首刱其體，開後人摹擬之風，以視公讌，其敝愈甚。弟雲字士龍，與兄齊名，號曰二陸，爲吳王郎中令，出宰浚儀，有惠政，機被收，並收雲，雲亦能詩。

安寢北堂上，明月入我牖。照之有餘輝，攬之不盈手。涼風繞曲房，寒蟬鳴高柳。踟蹰感節物，我行永已久。游宦會無成，離思難常守。（陸機擬明月何皎皎）

我在三川陽，子居五湖陰。山海一何曠，譬彼飛與沉。目想淸惠姿，耳存淑媚音。獨寐多遠念，寐言撫空衿。彼美同懷子，非爾誰爲心。（陸雲爲顧彥先贈婦）

潘岳
潘尼

潘岳字安仁，滎陽中牟人，美姿儀，少以才穎發名，善屬文，淸綺絕世，舉秀才爲郎，遷縣令，入補尙書郎，累遷給事黃門侍郎。素與孫秀有隙，及趙王倫輔政，秀遂誣岳與石崇作亂，誅之。鍾嶸詩評稱其詩：『翩翩弈弈，如翔禽之羽毛，衣帔之綃縠，猶尚淺於陸機。』謝混云：『潘詩爛如舒錦，無處不佳。陸文如披沙揀金，往往得寶。』美則盡美，惟詩格不高，所謂剪綵爲花，絕少生韻者，是也。惟悼亡諸篇，情景逼眞，詞意纏綿，後世悼亡之作，未有能出其右者。從子尼，字正叔，初應州辟，後以父老歸，父終乃出，官至太常。

荏苒冬春謝，寒暑忽流易。之子歸窮泉，重壤永幽隔。私懷誰克從，淹留亦何益。僶俛恭朝命，迴心返初役。望廬思其人，入室想所歷。幃屛無髣髴，翰墨有餘迹。流芳未及歇，遺挂猶在壁。悵怳如或存，回惶忡驚惕。如彼翰林鳥，雙棲一朝隻。如彼遊川魚，比目中路析。春風緣隙來，晨霤依檐滴。寢興何時忘，沈憂日盈積。庶幾有時衰，莊岳猶可擊。

潘岳悼亡三之一

南山鬱岑崟，洛川迅且急。青松蔭修嶺，綠蘩被廣隰。朝日順長塗，夕暮無所集。歸雲乘幰浮，淒風尋帷入。道逢深識士，舉手對吾揖。世故尙未夷，崤函方嶮澀。狐狸夾兩轅，豺狼當路立。翔鳳嬰籠檻，騏驥見維縶。俎豆昔嘗聞，軍旅素未習。且少停君駕，徐待干

戈戟。 潘尼迎大駕詩

左思

左思字太冲，齊國臨淄人，徵爲秘書郎，齊王冏命爲記室，辭疾不就，以疾終。太冲以詠史詩見稱於世，其詩不必專詠一人專詠一事，而已之性情俱見，胸次高曠，千秋絕調，爲建安以後僅有之文字。鍾嶸詩評稱其詩：『野於陸機，而深於潘岳。』非確論也。

弱冠弄柔翰，卓犖觀羣書。著論準過秦，作賦擬相如。邊城苦鳴鏑，羽檄飛京都。雖非甲胄士，疇昔覽穰苴。長嘯激淸風，志若無東吳。鉛刀貴一割，夢想騁良圖。左眄澄江湘，右盼定羌胡。功成不受爵，長揖歸田廬。 左思詠史八之一

張協 張載

張協字景陽，安平人，與兄載齊名，辟公府掾，累遷中書侍郎，轉河間內史。時天下已亂，遂屏居草澤，以屬詠自娛，終於家。其雜詩諸篇，取境寫情，幾躋十九首之域，而造語遣辭，則純乎晉響。鍾嶸詩評稱其詩：『文體華淨少病，有巧搆形似之言，雄於潘岳，靡於太冲，風流調達，實曠代之高才。其辭葱蒨，音韵鏗鏘，使人味之，亹亹不絕。』何義門曰：『胸次之高，言語之妙，

景陽與元亮（陶潛）之在兩晉，蓋猶長庚啟明之麗天矣。」載字孟陽，拜著作佐郎，稍遷領著作，遂稱疾告歸，卒於家，亦能詩。

秋夜涼風起，清氣蕩暄濁。蜻蛚吟階下，飛蛾拂明燭。君子從遠役，佳人守煢獨。離居幾何時，鑽燧忽改木。房櫳無行跡，庭草萋以綠。青苔依空牆，蜘蛛網四屋。感物多所懷，沈憂結心曲。　張協雜詩十之一

北芒何壘壘，高陵有四五。借問誰家墳，皆云漢世主。恭文遙相望，原陵鬱膴膴。季世喪亂起，賊盜如豺虎。毀壞過一抔，便房啟幽戶。珠柙離玉體，珍寶見剽虜。園寢化爲墟，周墉無遺堵。蒙籠荊棘生，蹊逕登童豎。狐兔窟其中，蕪穢不及掃。頹隴並墾發，萌隸營農圃。昔爲萬乘君，今爲丘山土。感彼雍門言，悽愴哀今古。　張載七哀詩二之一

孫楚

孫楚字子荊，太原中都人，少負才氣多凌傲，初爲石苞驃騎參軍，初至，長揖，曰：「天子命我參卿軍事。」因此搆隙，湮廢積年。後扶風王駿起爲征西參軍，惠帝初，拜馮翊太守。其詩多雜玄語，讀之飄飄然有玄意。

晨風飄岐路，零雨被秋草。傾城遠追送，餞我千里道。三命皆有極，咄嗟安可保。莫大於

殤子，彭聃猶爲夭。吉凶如糾纆，憂喜相紛繞。天地爲我罏，萬物一何小。達人垂達觀，誠此苦不早。乖離卽長衢，惆悵盈懷抱。孰能察其心，鑒之以蒼昊。齊契在今朝，守之與偕老。（孫楚征西官屬送於陟陽侯作詩）

劉琨

劉琨字越石，中山人，少以雄豪著名。永嘉（懷帝）初，爲幷州刺史，建興（愍帝）二年，加大將軍都督幷州，三年進司馬，四年其長史以幷州叛，降石勒，琨遂奔薊。段匹磾因與結婚約以共戴晉室。元帝渡江，復加太尉，封廣武侯，後其子群與匹磾有隙，遂被害。越石英雄失路，萬緒悲涼，故其詩隨筆傾吐，哀音無次。鍾嶸詩評稱其詩：『善爲悽戾之辭，且有淸拔之氣，琨旣體良才，又罹厄運，故善叙喪亂，多感慨之言。』以之置於中興以後諸家，可稱上品，在中興以前，則格力似有所不逮矣。

朝發廣莫門，暮宿丹水山。左手彎繁弱，右手揮龍淵。顧瞻望宮闕，俯仰御飛軒。據鞍長歎息，淚下如流泉。繫馬長松下，發鞍高岳頭。烈烈悲風起，泠泠澗水流。揮手長相謝，哽咽不能言。浮雲爲我結，歸鳥爲我旋。去家日已遠，安知存與亡。慷慨窮林中，抱膝獨摧藏。麋鹿游我前。猿猴戲我側。資糧既乏盡，薇蕨安可食。攬轡命徒侶，吟嘯絕巖中。君子道微矣，夫子故有窮。惟昔李騫期，寄在匈奴庭。忠信反獲罪，漢武不見明。我欲竟此曲，此曲悲且長。棄置勿重陳，重陳令心傷。（劉琨扶風歌）

盧諶

盧諶字子諒，范陽人，好老莊，爲劉琨主簿，琨爲段匹磾所害，諶投段末波，後爲石季龍所得，官至中書監屬，冉閔誅石氏，因遇害。諶覽古詩云：「捨生豈不易，處死誠獨難。」越石前車不遠，而展轉以殉於石氏，惜哉。詩亦有玄語。

亹亹圓象運，攸攸方儀廓。忽忽歲云暮，游原采蕭藿。北踰芒與河，南臨伊與洛。凝霜霑蔓草，悲風振林薄。摵摵芳葉零，蘂蘂芳華落。下泉激冽清，曠野增遼索。登高眺遐荒，極望無崖崿。形變隨時化，神感因物作。澹乎至人心，恬然存玄漠。（盧諶時興詩）

司馬彪歐陽建以次之作者

與張陸潘左諸家爭馳者，如司馬彪歐陽建石崇張翰曹攄王瓚棗據郭泰機諸人，均有詩傳世。尤以歐陽建之臨終詩，石季倫之王明君辭，司馬彪之椅桐（贈山濤），郭泰機之寒女（答傅咸），最爲世人所稱述。至劉伶之倫，雖亦能詩，而多語玄虛，與孫楚輩同其流矣。

百草應節生，含氣有深淺。秋草獨何辜，飄颻隨風轉。長飆一飛薄，吹我之四遠。搔首望故株，邈然無由返。（司馬彪雜詩）

富貴他人合，貧賤親戚離。廉藺門易軌，田竇相奪移。晨風集茂林，棲鳥去枯枝。今我唯蒙困，羣士所背馳。鄉人敦懿義，濟濟蔭光儀。對賓送有客，舉觴咏露斯，臨樂何所歎，素絲與路岐。（曹攄感舊）

西晉作家，略如上述，玄風未熾，詞采方張，濟濟多士，可謂盛矣。

第九章　兩晉詩學極盛與中興以後作者之玄思(下)

東晉詩人之玄化——郭璞——孫許——殷謝——陶淵明——王羲之以次之作者——兩晉之民間歌詩

東晉詩人之玄化

劉琨盧諶之詩，已入東晉，惟出官未久，即遭禍滅。琨詩悲壯淋漓，爲中興以前諸家作品中所僅見，故取以爲西晉之殿，非有所偏尙也。自茲以往，玄學大熾，而詩學遂日在玄風搖漾中，因以不競。中興第一作家之郭宏農，竟以游仙詩稱，其餘可知也。淵明皇皇，欲變其奏，淵明入宋未仕，故列於晉，實則其詩已入宋矣。

郭璞

郭璞字景純，河東聞喜人，文學冠一時，尤妙於陰陽算歷卜筮之術，王導引爲參軍，遷尙書郎，以母憂去。王敦起爲記室參軍，敦既謀逆，使筮，璞曰：「無成，壽且不久。」敦大怒，即收斬之。敦平，追贈宏農太守。璞以遊仙詩見稱於世。詩皆有託，與左思詠史同屬述懷之作，故意氣慷慨，撰語宏俊。沈歸愚曰：『遊仙詩本有託而言，坎壈詠懷，其本旨也，鍾嶸貶其少列仙之趣，謬矣。」然鍾嶸許其爲中興後第一人。

青谿千餘仞，中有一道士。雲生梁棟間，風出窗戶裡。借問此何誰，云是鬼谷子。翹跡企潁陽，臨河思洗耳。閶闔西南來，潛波渙鱗起。靈妃顧我笑，粲然啟玉齒。蹇修時不存，要之將誰使。　郭璞遊仙詩之一

孫綽

孫綽字興公，太原中都人，楚孫，爲章安令，稍遷散騎常侍，尋轉廷尉卿，卒。綽爲一時才華之冠。沉於玄學亦最深。劉彥和文心彫龍時序云：「自中朝貴玄，江左稱盛，因談餘氣，流成交體，是以世極迍邅，而辭意夷泰，詩必柱下之旨歸，賦乃漆園之義疏。」正指孫綽一輩人物。其答許恂詩有句云：「遺榮榮在，外身身全。卓哉先師，修德就閑。散以玄風，滌以清川。或步重基，或恬蒙園。道足匈懷，神棲浩然。」聆此數語，其沉溺可知。惟所傳之情人碧玉歌，香艷欲絕，不類其人。

碧玉小家女，不敢攀貴德。感郎千金意，慚無傾城色。

碧玉破瓜時，郎爲情顛倒。感君不羞赧，回身就郎抱。　孫綽碧玉情人歌

許恂

許恂字玄度，好遊山水，少與孫綽有高尚之志，及長而道合，所謂泳必齊味，翔必俱遊者是也。文選注引續晉陽秋曰：『許恂有才藻，善屬文，與太原孫綽轉相祖尚，又加以三世之辭，而風騷之體盡矣。恂綽並爲一時文宗，自此作者悉化之。』其詩傳者甚少。孫綽答許恂詩稱其詩云：『貽我新詩，韵靈旨清。粲如揮錦，琅若叩瓊。既欣夢解，獨愧未冥。慍在有身，樂在忘生。余則異矣，無往不平。理苟皆是，何累於情。』讀其所傳之竹扇詩，眞不知所謂「韵靈旨清」者，果何在也。

良工眇芳林，妙思觸物騁。篾疑秋蟬翼，團取望舒景。許恂竹扇詩

殷仲文

殷仲文字仲文，陳郡人，少有才藻，從兄仲堪薦用於會稽王道子，復從桓玄反，玄誅，爲劉裕所殺。謝靈運云：『殷仲文讀書半袁豹，則文才不減班固。』仲文詩雖雜玄思，而時有勝語，所謂玄氣未盡除者，似是。至其淸迴處，已開謝氏，詩風之轉變，此其端也。

四運雖鱗次，理化各有準。獨有淸秋日，能使高興盡。景氣多明遠，風物自淒緊。爽籟驚

陶律，哀壑叩虛牝○歲寒無早秀，浮榮甘夙隕○何以標貞脆，薄言寄松菌○哲匠感蕭晨，肅此塵外軫○廣筵散汎愛，逸爵紆勝引○伊余樂好仁，惑袪吝亦泯○猥首阿衡朝，將貽匈奴哂○（殷仲文南州桓公九井作）

謝混

謝混字叔源，小字益壽，陳郡陽夏人，太傅安之孫也。風華為江左第一，尚孝武帝晉陵公主，官至中領軍尚書左僕射，以黨劉裕誅。鍾嶸詩評以義熙末年，獨益壽一人，為綺萃之冠。其詩務為清麗，力除玄習，惟聲望未隆，而才情亦有所弗逮，以故享名未盛。至其清華秀色，謝氏之先聲也。

悟彼蟋蟀唱，信此勞者歌○有來豈不疾，良遊常蹉跎○逍遙越城肆，願言屢經過○迴阡被陵闕，高臺眺飛霞○惠風蕩繁囿，白雲屯曾阿○景昃鳴禽集，水木湛清華○褰裳順蘭沚，徙倚引芳柯○美人愆歲月，遲暮獨如何○無為牽所思，南榮戒其多○（謝混遊西池）

陶淵明

陶淵明字元亮，入宋名潛，潯陽柴桑人，太尉長沙公侃之曾孫，少有高趣，親老家貧，起為州祭酒，不堪吏職，解歸，躬耕自資，隆安（安帝）中為鎮軍參軍，義熙元年遷建威參軍，未幾求為彭澤令，在縣八十餘日解歸，暨入宋，終身不仕，顏延年誄之。謚曰靖節徵士。蕭統云：「淵明文章不群，詞采精拔，跌宕昭彰，獨超衆類，抑揚爽朗，莫之與京……語時事則指而可想，論懷抱則曠而且眞……」詩至淵明，爲之一變。力排玄氣，摹寫田園，淸遠閒逸之中，寓有一段淵深樸茂，爲六朝詩品中最上乘。神釋諸篇，玄音嫋嫋，猶存詩學轉變之遺痕，一代文學之起伏，豈偶然哉。吾人讀其歸園田居諸詩，便窺得其平生之旨志。讀其移居諸詩，可藉悉其獨得之深趣。飲酒諸詩，本是寫懷，故能言中有物。詠史諸詩，本是述慨，故能寄託深遠。至挽歌諸詩，則又其人生觀感也。

少無適俗韻，性本愛邱山。誤落塵網中，一去三十年。羈鳥戀舊林，池魚思故淵。開荒南野際，守拙歸園田。方宅十餘畝，草屋八九間。楡柳蔭後檐，桃李羅堂前。曖曖遠人村，依依墟里烟。狗吠深巷中，雞鳴桑樹顚。戶庭無雜塵，虛室有餘閒。久在樊籠裡，復得返自然。 陶淵明歸園田居五之

有生必有死，早終非命促。昨暮同爲人，今旦在鬼錄。魂氣散何之，枯形寄空木。嬌兒索

父啼，良友撫我哭。得失不復知，是非安能覺。千秋萬歲後，誰知榮與辱。但恨在世時，飲酒不得足。陶淵明挽歌詩

王羲之以次之作者

此外如王羲之楊方王鑒李充袁宏曹毘輩，均有詩傳世，毘於諸人中尤知名，有續杜蘭香歌十首，爲世所稱。而王凝妻謝道韞，以婦女能詩，馳譽千載，謝氏門中，誠可謂多才者矣。

仰視碧天際，俯瞰綠水濱。寥闃無涯觀，寓目理自陳。大矣造化工，萬殊莫不均。羣籟雖參差，適我無非新。王羲之蘭亭集詩

峩峩東嶽高，秀極冲青天。巖中虛間宇，寂寞幽以玄。非工復非匠，雲構發自然。氣象爾何物，遂令我屢遷。誓將宅斯宇，可以盡天年。謝道韞登山詩

晉之民間歌詩

晉之民間歌詩，亦多有可稱，讀曲子夜其最著者。王士禎稱三峽謠一篇，寫山石紆迴，千載下無出其右者，今讀其詞，亦覺有紆迴之致。休洗紅兩首，意樸詞新，有不可言傳之情美，斯誠至文，或以爲僞作，不可考也。

朝見黃牛，暮見黃牛。三朝三暮，黃牛如故。三峽謠（黃牛巖名）

休洗紅，洗多紅色淺。不惜故縫衣，記得初按茜。人壽百年能幾何，後來新婦今爲婆。
休洗紅，洗多紅在水。新紅裁作衣，舊紅番作裏。迴黃轉綠無定期，世事反復君所知。
休洗紅

總觀兩晉詩學，西晉人才極盛，故爛若春華，東晉溺於玄思，而中多妙語。文心彫龍時序篇云：『晉雖不文，人才實盛，茂先（張華）搖筆而散珠，太冲（左思）動墨而橫錦，岳湛（潘岳夏侯湛）曜聯璧之華，機雲（陸機陸雲）標二俊之采，應傅三張（應貞傅玄傅咸張載張協張亢）之徒，孫摯成公（孫楚虞摯成公綏）之屬，並結藻清英，流韻綺靡……』鍾嶸曰：『永嘉貴黃老，稍尙虛談，於是篇什，理過其辭，淡乎寡味。爰及江表，微波尙傳，孫綽許恂桓庾（桓溫庾亮）諸公，詩皆平典，似道德論，建安風力盡矣。先是郭景純用儁上之才，創變其體，劉越石仗清剛之氣，贊成厥美。然彼衆我寡，未能動俗。』劉彥和於西晉諸家，能撮其概，鍾嶸於東晉諸家，窺其微矣。

第十章　宋詩再振爲六朝詩學之極峯

宋詩之側麗——顏延之——謝靈運——鮑照——三大家以外之作者——鮑謝小詩爲齊梁小詩先導

宋詩之側麗

宋詩再振，於晉已兆其機。淵明沒於元嘉（宋文帝）之初，其詩當已入宋，特入宋未仕耳。有宋詩學，莫盛於元嘉，延之（顏延之）巧思，舉體華密。靈運（謝靈運）山水，刻畫惟工。謝氏諸昆，追隨左右。鮑照孤出，名亦標世。棄淳白之用，而競丹雘之奇，離質木之音，而任宮商之巧，黃初正始後一大變也。劉彥和曰：「宋初文詠，莊老告退，而山水方滋，儷采百字之偶，爭價一句之奇，情必極貌以寫物，辭必窮力而追新，此自靈運倡之矣。」蓋琢削飾句，視兩晉爲尤甚焉。六朝詩體，至宋而極。謝氏諸詩，清麗無儔，鮑照樂府，別儲奇響，一代風華，於斯爲上。故欲求六朝詩學之代表，舍有宋而莫當焉。

顏延之

顏延之字延年，瑯琊臨沂人，補太子舍人，出爲始安太守，元嘉中，徵爲中書侍郎，爲劉湛所構，復出守永嘉，怨憤作五君詠，復爲金紫光祿大夫。延之少

謝靈運
謝惠連

孤貧，好讀書，晉義熙十二年，高祖北伐，有宋公之授，延年亦奉使至洛，道中作詩二首，文辭藻麗，爲謝晦傅亮所賞。有江右潘陸江左顏謝之稱。嘗薄湯惠休詩，以爲委巷中歌謠耳。問鮑照己與靈運詩優劣，照曰：「謝五言如初發芙蓉，自然可愛。君詩如鋪錦列繡，亦雕繪滿眼。」延之終身以爲病。鍾嶸詩評稱其詩：『體裁綺密，動無虛散，一句一字，皆致意焉。』五君詠秋胡詩爲世所稱。

改服飭徒旅，首路跼險艱。振楫發吳州，秣馬陵楚山。途出梁宋郊，道由周鄭間。前登陽城路，日夕望三川。在昔輟期運，經始闊聖賢。伊瀔絕津濟，臺館無尺椽。宮陛多巢穴，城闕生雲煙。王猷升八表，嗟行方暮年。陰風振涼野，飛雲瞀窮天。臨塗未及引，置酒慘無言。隱閔徒御悲，威遲良馬煩。遊役去芳時，臨來屢徂諐。蓬心既已矣，飛薄殊亦然。

顏延年北使洛

謝靈運陳郡陽夏人，晉車騎將軍玄之孫也。文章之美，爲江左第一，襲封康樂公。少帝時，出爲永嘉太守，郡有名山水，肆意遨遊，所至輒發爲歌詠。文帝時，徵爲秘書監。旋乞疾東還，與族弟惠連，東海何長瑜穎川荀雍太山羊璿之以文章賞會，爲山澤之遊。嘗自始寧南山，伐木開逕，直至臨海，從者數百人，臨海太守王琇驚駭，謂爲山賊，知是靈運乃安。後爲臨川內史，在郡遊放，不異永嘉，爲有司所糾，棄廣州市。靈運肆情山水，故遊山玩水之詩爲最工，每有所紀，麗典新聲，絡繹奔會。後人皆以淵明獨得田園之趣，靈運獨得山水之美，而一出之於詩歌，因又並稱陶謝。鍾嶸詩評稱其詩：『頗以繁蕪爲累。』靈運詩誠有此弊，然其清麗，未可及也。其族弟瞻及惠連，均有詩名，瞻字宣遠，其詩鏤刻過甚。靈運最愛惠連，嘗曰：「每有篇章，對惠連輒得佳句。」鍾嶸詩評曰：『二謝才思富健，恨其蘭玉早彫，長轡未騁，秋懷搗衣之作，雖靈運銳思，何以加焉。』蓋卒年方二十七也。

猿鳴誠知曙，谷幽光未顯。巖下雲方合，花上露猶泫。逶迤傍隈隩，迢遞陟陘峴。過澗旣厲急，登棧亦陵緬。川渚屢逕復，乘流翫迴轉。蘋萍泛沈深，菰蒲冒清淺。企石挹飛泉，攀林摘葉卷。想見山阿人，薜蘿若在眼。握蘭勤徒結，折麻心莫展。情用賞爲美，事昧竟

誰辨。觀此遺物慮，一悟得所遣。（謝靈運從斤竹澗越嶺溪行）

日落泛澄瀛，星羅游輕橈。憩榭面曲汜，臨流對迴潮。輟策共駢筵，並坐相招要。哀鴻鳴沙渚，悲猿響山椒。亭亭映江月，瀏瀏出谷飈。斐斐氣羃岫，泫泫露盈條。近矚袪幽蘊，遠視蕩諠囂。晤言不知罷，從夕至清朝。（謝惠連泛湖歸出樓中翫月）

鮑照

鮑照字明遠，上黨人，家世貧賤，宋臨川王愛其才，以爲國侍郎。王薨，始興王濬又引爲侍郎。孝武初，除海虞令，遷太學博士，又轉永嘉令。大明五年（孝武），爲臨海王前軍參軍，兵敗，爲亂兵所殺，年五十餘。明遠才秀人微，生不逢辰，故憂危辭多，功名志薄，然抗音吐懷，每成亮節。謝康樂云：『天枉常兼，其斯人乎。』張溥爲鮑集題辭云：『顏延年與康樂齊名，私問優劣於明遠，誠心折之，士顧才如何耳，甯論官閥哉。』其詩形狀寫物，多自鑄偉詞，五言彫琢，在顏謝之間，樂府諸篇，遒麗絕倫，奇詞異響，爲人世所未有。南齊書文苑傳論云：『發唱驚挺，操調險急，雕藻淫艷，傾炫心魂，亦猶五色之有紅紫，八音之有鄭衛，斯則鮑照之遺烈也。』何義門曰：『詩至明遠，發

袁淑

露無遺，李杜韓白，皆從此出。」是照詩又唐名家之府庫也。妹令暉，亦有才思，著香茗賦集行于世。樂苑詩品曰：『鮑令暉歌詩，往往嶄絕清巧，擬古猶勝。』照稱其才亞於左芬，正譽之耳。

淮南王，好長生，服食鍊氣讀仙經。琉璃作椀牙作盤，金鼎玉七合神丹。合神丹，戲紫房，紫房綵女弄明璫，鸞歌鳳舞斷君腸。朱城九門門九閨，願逐明月入君懷。入君懷，結君佩，怨君恨君恃君愛。築城思堅劍思利，同盛同衰莫相棄。　鮑照代淮南王

瀉水置平地，各自東西南北流。人生亦有命，安能行歎復坐愁。酌酒以自寬，舉杯斷絕歌路難。心非木石豈無感，吞聲躑躅不敢言。　鮑照擬行路難十八之一

桂吐兩三枝，蘭開四五葉。是時君不歸，春風徒笑妾。　鮑令暉寄行人

袁淑字陽源，陳郡陽夏人，文華爲一時之冠，彭城王起爲祭酒，後遷至左衛率府，劭當行篡逆，淑諫，見害。嘗見謝莊賦歎曰：「江東無我，卿當獨步。我若無卿，亦一時之傑也。」詩亦知名。

訊此倦遊士，本家自遼東。昔隸李將軍，十載事西戎。結車高闕下，極望見雲中。四面各

千里，從橫起嚴風。寒燠豈如節，霜雨多異同。夕寐北河陰，夢還甘泉宮。勤役未云已，
壯年徒爲空。迺知古時人，所以悲轉蓬。（袁淑效古詩）

吳邁遠

吳邁遠亦能詩，每作詩得稱意語，輒擲地呼曰：「曹子建何足數哉。」明帝聞而召之，官至江州從事，隋書藝文志有吳邁遠集一卷。

輕命重意氣，古來豈但今。緩頰獻一說，揚眉受千金。邊風落寒草，鳴笳隨飛禽。越情結楚思，漢耳聽胡音。既懷離俗傷，復悲朝光侵。日當故鄉沒，遙見浮雲陰。（吳邁遠胡笳曲）

王僧達

王僧達瑯琊人，與顏謝同時，初爲始興王參軍，稍遷至中書令，以屢犯上顏，下獄賜死。有詩名。

遠山斂氛祲，廣庭延月波。氣往風集隙，秋還露泫柯。節期既已孱，中宵振綺羅。來歡詎終夕，收淚泣分河。（王僧達七夕月下）

湯惠休

湯惠休本爲沙門，孝武帝使還俗，官至揚州從事，亦能詩，樂府尤艷絕。顏延之譏其爲委巷中歌謠方當誤後生。七言樂府，好每句用韻，是蓋欲效曹子桓之燕歌而未能者。

明月照高樓，含君千里光。巷中情思滿，斷絕孤妾腸。悲風蕩帷帳，瑤翠坐自傷。妾心依天末，思與浮雲長。嘯歌視秋草，幽葉豈再揚。暮蘭不待歲，離華能幾芳。願作張女引，流悲繞君堂。君堂嚴且秘，絕調徒飛揚。　湯惠休怨詩行

劉鑠荀昶以次之作者

此外如南平王劉鑠荀昶王微輩，均有詩名。鑠字休元，文帝第四子，被害時年僅二十有三。擬古諸作，直追士衡，而清麗且過之，奇才也。昶字茂組，元嘉中，官至中書侍郎，擬古樂府諸篇，亦有似處。隋書藝文志有荀昶集十四卷。微字景元，琅琊臨沂人，為南平王右軍咨議，其詩則王僧達之流亞也。

僊僊徐動何盈盈，玉腕俱凝若雲行。佳人舉袖輝清蛾，摻摻擢手映鮮羅。狀似明月泛雲河，體如輕風動流波。　劉鑠白紵曲

思婦臨高臺，長想憑華軒。弄絃不成曲，哀歌送苦言。箕帚留江介，良人處鴈門。詎憶無衣苦，但知狐白溫。日暗牛羊下，野雀滿空園。孟冬寒風起，東壁正中昏。朱火獨照人，抱景自愁怨。誰知心曲亂，所思不可論。　王微雜詩

鮑謝小詩為齊梁小詩先導

以上諸家，惟顏謝鮑三家之敷藻綴麗，最能代表六朝詩學之特色，非必以藻麗為工，六朝之詩勢固如是耳。謝之小詩如東陽溪中贈答……鮑之小詩如吳歌採

菱……均足爲齊梁小詩之先導。而謝鮑同時，尚不少作者。詩風再變，又見其機。至樂府所錄四時子夜諸歌，視鮑謝小詩，更傷綺靡，蓋浸淫已入齊梁矣。

第十一章　齊梁陳詩風綺靡與六朝詩體之蛻化(上)

齊梁陳詩風之再變——齊詩之聲美——王融——元長首倡聲律與謝朓諸人並開唐律之端——謝朓——玄暉小詩爲宮體濫觴——蘇小孟珠兩歌之時代彩色

齊梁陳詩風之再變

六朝詩至齊梁陳，又一變局也。不但辭美，而調亦須響。故作者每成一詩，必準之以宮商，繩之以律呂，務爲精密，以相凌架。吾人讀其詩，亦覺文學中自應有此一種。其運動最烈者，即所稱竟陵八友中之王融謝朓沈約是也。王融首倡聲律之說，嘗謂鍾嶸曰：「宮商與二儀俱生，自古詞人不知之。」沈約和之，創爲四聲八病，聲有平上去入之分，病有平頭，上尾，蜂腰，鶴膝，大韵，小韵，旁紐，正紐之殊。其謝靈運傳論曰：『五色相宣，八音協暢，由乎玄黃律呂，各適物宜，欲使宮羽相變，低昂互節，若前有浮聲，則後須切響，一簡之內，音韵盡殊，兩句之中，輕重悉異，妙達此旨，始可言文。』答陸厥書云：『天機啟則律呂自調，六情滯則音律頓殊。』聲韵既尚，而唐律之端以開。謝朓以下，作法愈密，蓋漸拋棄晉宋雕辭飾字之功，而從事於聲韵之和諧也。

齊詩之聲美

王融

元長首倡聲律與謝朓諸人並開唐律之端

既至簡文，好爲輕艷，上下唱和，境內化之，遂益顯其綺靡矣。

齊之作家，惟王融謝朓爲最著，二人中尤以謝朓爲大家。謝詩之美，不僅爲齊梁之冠，晉宋諸家，亦少其匹，與靈運惠連前後輝映，鼎足而三矣。竟陵八友，惟王融謝朓早世，餘如沈約任昉范雲陸倕蕭琛輩，則均仕於梁。

王融字元長，瑯琊臨沂人，僧達之孫也，少警慧，博涉有文才，舉秀才，歷中書郎，永明九年，武帝幸芳林園，禊宴朝臣，使融爲曲水詩序，文藻富麗，當世稱之。帝疾篤，融謀立竟陵王子良，爲鬱林所嫉，卽位十餘日，收融下廷尉賜死，年方二十七。融首倡聲律之說，故其詩多中節，與謝朓諸人，並開唐律之先，不待徐庾而具體也。

遊禽暮知返，行人獨不歸。坐銷芳草氣，空度明月輝。嚬容入朝鏡，思淚點春衣。巫山采雲沒，淇上綠條稀。待君竟不至，秋雁雙雙飛。（王融古意）

徘徊將所愛，惜別在河梁。衿袖三春隔，江山千里長。寸心無遠近，邊地有風霜。勉哉勤歲暮，敬矣事容光。山中殊未懌，杜若空自芳。（王融蕭諮議西上夜集）

謝朓

玄暉小詩為宮體濫觴

謝朓字玄暉，陳郡陽夏人，文章清麗，解褐豫章王行參軍，明帝輔政，以為驃騎諮議，旋出為宣城太守，復入為尚書吏部郎，江祏等謀立始安王遙光，朓不肯，祏白遙光收朓下獄死，時年三十六。鍾嶸詩評稱其詩：『一章之中，自有玉石。然奇章秀句，往往警遒。足使叔源失步，明遠變色。』朓亦長聲律，故能以韵調支配詞句，雖涉藻麗，而不見有斧鑿痕。清才綺思，任情流露，音調俊美詞采豐華，所謂筆墨之中筆墨之外，別有一段深情妙理。誠如沈約云：「二百年來，無此詩也。」朓詩有句云：『餘霞散成綺，澄江淨如練。』移以狀其詩，最恰當莫比。小詩又為宮體濫觴。

江路西南永，歸流東北騖。天際識歸舟，雲中辨江樹。旅思倦搖搖，孤遊昔已屢。既懽懷祿情，復協滄洲趣。囂塵自茲隔，賞心於此遇。雖無元豹姿，終隱南山霧。（謝朓之宣城郡出新林浦向板橋）

繐帷飄井幹，樽酒若平生，鬱鬱西陵樹，詎聞鼓吹聲。芳襟染淚迹，嬋娟空復情。玉座猶寂寞，況乃妾身輕。（謝朓同謝諮議詠銅雀臺）

陸厥以次之作者

蘇小孟珠兩歌之時代彩色

夕殿下珠簾，流螢飛復息。長夜縫羅衣，思君此何極。（謝朓玉階怨）

此外文人如陸厥邱巨源張融劉繪均有詩傳世。永明末都下盛談文章，繪爲後進領袖，時張融以言詞便捷，周顒彌爲清綺，時人爲之語曰：「三人共宅夾清漳，張南周北劉中央。」言其才華在張周二人間也。

木葉下，江波連，秋月照浦雲歇山。秋思不可裁，復帶秋葉來。秋風來已寒，白露驚羅紈。節士慷慨髮衝冠，彎弓挂若木，長劍竦雲端。（陸厥臨江王節士歌）

白雲山上盡，清風松下歇。欲識離人悲，孤臺見明月。（張融別詩）

別離安可再，而我更重之。佳人不相見，明月空在帷。共御滿堂酌，獨斂向隅眉。中心亂如雪，寧知有所思。（劉繪有所思）

餘如樂府所錄錢塘蘇小歌丹陽孟珠歌，更爲輕豔，茲並存之。

妾乘油壁車，郎騎青驄馬。何處結同心，西陵松栢下。（錢塘蘇小歌）

陽春二三月，草與水同色。道逢冶遊郎，恨不早相識。（丹陽孟珠歌）

蘇小歌尙有風意，自是齊詩。孟珠歌則純尙輕豔，與梁之宮體同其流。區區兩小詩，竟可爲齊梁名家寫照，亦云奇矣。齊梁之詩，本同傷綺靡，而詩格之高下有如此者，一代風流，未可忽也。

第十二章　齊梁陳詩風綺靡與六朝詩體之蛻化（中）

梁詩之綺靡——武帝——西洲曲爲初唐樂府之先導——宮體之競尚——江淹——沈約——范雲以次之作者——木蘭詩——昭明太子文選與徐陵玉臺新詠爲文學家編纂總集之始——劉勰文心雕龍與鍾嶸詩評爲後世批評文學之宗

梁詩之綺靡

梁詩作者甚衆，而綺靡亦愈甚。武帝在齊，與沈約任昉范雲陸倕輩，本同列竟陵八友，承祚之後，諸人並在，故文讌侍從，風雅爲一時冠。沈約歷仕三朝，文名最盛，獎勵後學，不遺餘力，一時文人如王筠張率何遜劉孝綽何思澄吳均劉勰輩，均藉其延譽以自高尚，而趨附之，濟濟多士，稱極盛焉。武帝諸子，彬彬有文，簡文多才，創爲宮體，帝王之尊，風靡自易，君唱於上，臣和於下。，篇篇艷語，句句情思，漢魏遺軼，遂蕩然無存矣。

武帝

武帝蕭衍字叔達，少篤學，韵語之外，湛深經術，著書凡二百卷，文集百二十卷。其詩艷而不輕，搖曳有情致，自是簡文以前風格，西洲曲東飛伯勞歌河中之水歌均爲後人所艷稱，西洲曲且爲初唐長篇樂府之先導，如王勃之采蓮曲劉

西洲曲爲初唐樂府之先導

希夷之代悲白頭吟均出此。惟三曲或作晉辭，玩其音節，純是梁人聲調，以附武帝，當不誣也。西洲曲今本玉臺新詠列入江淹詩中，應知其誤。

西洲曲　　梁武帝

憶梅下西洲，折梅寄江北。單衫杏子紅，雙鬢鴉雛色。西洲在何處，兩槳橋頭渡。日暮伯勞飛，風吹烏桕樹。樹下卽門前，門中露翠鈿。開門郎不至，出門采紅蓮。采蓮南塘秋，蓮花過人頭。低頭弄蓮子，蓮子青如水。置蓮懷袖中，蓮心徹底紅。憶郎郎不至，仰首望飛鴻。飛鴻滿西洲，望郎上青樓。樓高望不見，盡日闌干頭。闌干十二曲，垂手明如玉。卷簾天自高，海水搖空綠。海水夢悠悠，君愁我亦愁。南風知我意，吹夢到西洲。

昭明太子

昭明太子統，字德施，武帝長子，喜文章，聚書多至三萬卷，築文選樓，引劉孝威庾肩吾等討論墳典，謂之高齋十學士，成文選三十卷，搜羅精富，集有梁。以前文學之大成。玉臺新詠選梁詩最多，而獨略於昭明，其詩之古雅可知，江南采蓮諸曲，亦新艷。

桂楫蘭橈浮碧水，江花玉面兩相似。蓮疎藕折香風起。香風起，白日低，采蓮曲，使君迷

昭明太子采蓮曲

簡文帝

簡文帝綱字世讚，武帝第三子，幼聰敏，讀書十行俱下，武帝嘗曰：「此吾家東阿也。」為侯景所殺。好賦詩，務為輕艷，徐庾佐之，靡靡之聲，風播遐邇，當時號為宮體。晚年自悔，勅徐陵撰玉臺新詠，集梁以前艷體詩之大成，與昭明文選並傳。簡文詩序云：『予七歲有詩癖，長而不倦，然傷於輕艷，當時號曰宮體。』詩雖鮮艷，而風雅墜焉。

楊柳亂成絲，攀折上春時。葉密鳥飛礙，風輕花落遲。城高短簫發，林空畫角悲。曲中無別意，併是為相思。（簡文折楊柳）

北窗聊就枕，南簷日未斜。攀鉤落綺障，插捩舉琵琶。夢笑開嬌靨，眠鬟壓落花。簟紋生玉腕，香汗浸紅紗。夫婿恒相伴，莫誤是倡家。（簡文詠內人晝眠）

元帝

元帝繹字世誠，武帝第七子也，常為湘東王，平侯景，即位江陵。性愛書籍，讀書每不釋卷，著述極富，亦能詩。

楊柳非花樹，依樓自覺春。枝邊通粉色，葉裏映紅巾。帶日交簾影，因吹掃席塵。拂簷應

有意，偏宜桃李人。（元帝詠雲棲簷柳）

江淹

江淹字文通，濟陽考城人，少孤貧，起家南徐從事，初隨宋建平王景素，入齊，仕至御史中丞。天監（梁武帝）中，遷金紫光祿大夫，改封醴陵侯。文通詩，才力甚富，惟風骨未遒，擬古三十首爲世所稱，自兩漢迄梁，其間名家，多在摹擬之列，氣魄之大，幾欲遠駕士衡而上，刻骨鏤心，爲後世言摹擬者所祖。擬古詩序亦典麗可讀。

西北秋風至，楚客心悠哉。日暮碧雲合，佳人殊未來。露彩方泛艷，月華始徘徊。寶書爲君掩，瑤琴詎能開。相思巫山渚，悵望陽雲臺。高鑪絕沈燎，綺席生浮埃。桂水日千里，因之平生懷。（江淹擬休上人怨別）

沈約

沈約字休文，吳興武康人，少爲蔡興宗所知，引爲安西記室。入齊，累遷吏部郎，爲文惠太子所優遇。至梁，以佐命功歷尙書僕射，封建昌侯。休文平生著述極富，藏書至二萬卷，所作四聲譜爲武帝所不喜，嘗問周捨何謂四聲。捨曰：「天子聖哲。」侍宴有歌姬是齊文惠宮人。帝曰：「識座中客否。」姬曰：「

惟識沈家令。」鍾嶸詩評曰：『休文衆製，五言最優，詳其文論，固知憲章鮑明遠也。』以較鮑詩，相差實甚。惟詞氣尙厚，能存古詩一脈，於有梁一代，稱大家焉。

生平少年時，分手易前期。及爾同衰暮，非復別離時。勿言一尊酒，明日難重持。夢中不識路，何以慰相思。 沈約別范安成

捨轡下彫輅，更衣奉玉牀。斜簪映秋水，開鏡比春妝。所畏紅顏促，君恩不可長。鵁冠且容裔，豈吝桂枝亡。 沈約携手曲

范雲

范雲字彥龍，南鄉舞陰人，齊建元初，爲竟陵王子良文學，至梁，以佐命功封留城侯，官至尙書右僕射。鍾嶸詩評稱其詩：『淸便宛轉，如流風迴雪。』沈約之亞也。

東風柳線長，送郎上河梁。未盡樽前酒，妾淚已千行。不愁書難寄，但恐鬢將霜。空懷白首約，江上早歸航。 范雲送別詩

任昉

任昉字彥昇，樂安博昌人，仕齊爲太常博士，至梁，爲御史中丞，文章之美，

爲當時第一，王公表奏，多出其手，性淸約，無所營，惟聚書萬餘卷以自愉，卒於官，諸子流離不克自振，劉孝標矜之，爲作廣絕交論。元帝爲湘東王與庾肩吾書曰：「近世如沈約謝朓之詩，任昉陸倕之筆，文章之冠冕，述作之楷模也。」亦能詩。

與子別幾辰，經塗不盈旬。弗覩朱顏改，徒想平生人。寗知安歌日，非君撤瑟辰。已矣余何歎，輟舂哀國均。　任昉出郡傳舍哭范僕射

邱遲

邱遲字希範，吳興烏程人，初辟徐州從事，武帝踐祚，拜中書郎，遷司徒從事中郎。鍾嶸詩評稱其詩：「點綴映媚，似落花依草。」至其纖弱，不足多也。

詰旦閶闔開，馳道聞鳳吹。輕荑承玉輦，細草藉龍騎。風遲山尙響，雨息雲猶積。巢空初鳥飛，荇亂新魚戲。實爲北門重，匪親孰爲寄。參差別念擧，肅穆恩波被。小臣信多幸，投生豈酬義。　邱遲侍宴樂遊苑送張徐州應詔

柳惲

柳惲字文暢，河東人，善尺牘工詩，初爲齊竟陵王法曹參軍，梁天監初，累遷至廣州刺史。王融最愛其「亭皋木葉下，隴首秋雲飛。」句，書之齋壁及白團

扇，詩飄逸有新致。

孤衾引思緒，獨枕愴憂端。深庭秋草綠，高門白露寒。思君起清夜，促柱奏幽蘭。不怨飛蓬苦，徒傷蕙草殘。

行役滯風波，游人淹不歸。亭皐木葉下，隴首秋雲飛。寒園夕鳥集，思牖草蟲悲。嗟矣當春服，安見禦冬衣。　柳惲擣衣詩四之二

吳均

吳均字叔庠，吳興故鄣人，天監初，柳惲爲吳興，召補主簿，後薦之臨川靖惠王，王稱之於武帝，待詔制作，累遷奉朝請，以私撰齊春秋坐免。叔庠詩才清綺，艷語獨多，時又稱吳均體。

賤妾思不堪，採桑渭城南。帶減連枝繡，髮亂鳳凰簪。花舞依長薄，蛾飛愛綠潭。無由報君信，流涕向春蠶。　吳均古意六之一

春從何處來，拂水復驚梅。雲障青鎖闥，風吹承露臺。美人隔千里，羅幃閉不開。無由得共語，空對相思杯。　吳均春詠

何遜

何遜字仲言，東海郯人，承天曾孫，弱冠舉秀才，爲范雲所賞識，天監中，官

尚書水部郎。元帝嘗曰：『詩多而能者，沈約也。詩少而能者，謝朓何遜也。』詩多情致，淺語能深，與陰鏗幷稱陰何。

暮煙起遙岸，斜日照安流。一同心賞夕，暫解去鄉憂。兩岸平沙合，連山遠霧浮。客悲不自已，江上望歸舟。（何遜慈姥磯）

客心已百念，孤遊重千里。江暗雨欲來，浪白風初起。（何遜送別）

徐悱

徐悱字敬業，東海郯人，勉子，起家著作郎，官至洗馬中舍人，出入宮坊歷載，以足疾遷。妻劉令嫻爲孝綽第三妹，才尤清拔，悱爲晉安令卒，父勉欲爲哀辭，既見令嫻祭文，乃閣筆，夫妻均以詩名。

花庭麗景斜，蘭牖輕風度。落日更新妝，開簾對春樹。鳴鸝葉中響，戲蝶花間鶩。調琴本要懽，心愁不成趣。良會誠非遠，佳期今不遇。欲知幽怨多，春閨深且暮。（劉令嫻春閨怨）

王筠

王筠字元禮，瑯琊臨沂人，簡文時，爲太子詹事。昭明太子愛文學士，嘗與筠及劉孝綽陸倕到洽殷鈞遊宴元圃，太子獨執筠袖撫孝綽肩曰：「所謂左把浮邱袖，右拍洪崖肩。」其見重如此。謝朓稱其詩：『圓活如彈丸脫手。』沈約曰

劉孝綽

庾肩吾徐摛以次之作者

：『晚來名家，王筠獨步。』至其輕靡，亦吳均之儔也。武帝同筠和太子懺悔詩稱仍取筠韻，筠又取餘韻別為一篇，為詩人和韻之始。

> 丹墀生細草，紫殿納輕陰。曖曖巫山遠，攸攸湘水深。徒歌鹿盧劍，空貽瑇瑁簪。望君終不見，屑淚且長吟。（王筠有所思）

劉孝綽小字阿士，彭城人，七歲能文，舅父王融稱為神童，且曰：「天下無我，文章當推阿士。」前輩如沈約任昉范雲諸人，均極稱賞，與任昉為尤厚。天監初，起家著作佐郎，官至秘書監，以居母憂冬月飲冰水致病卒。弟孝儀孝威，孝儀工文，綽與威工詩。

> 燕趙多佳麗，白日照紅妝。蕩子十年別，羅衣雙帶長。春樓怨難守，玉階空自傷。對此歸飛燕，銜泥遶曲房。差池入綺幕，上下傍雕梁。故居尤可念，故人安可忘。相思昏望絕，宿昔夢容光。魂交忽在御，轉側定他鄉。徒然居枕席，誰與同衣裳。空使蘭膏夜，炯炯對繁霜。（劉孝綽古意）

此外如庾肩吾徐摛曹祀裴子野蕭子顯張率到溉劉峻虞羲王僧儒陶宏景……諸人

木蘭詩

以下，能詩者甚多，約皆好砌麗辭，強爲艷語，千百篇如出一人之手，令人讀而生厭，此因關乎一代之流風，無足怪也。婦人中范靖妻沈氏，衛敬瑜妻王氏，亦均能詩。沈氏爲約孫女，隋書藝文志有梁征西記室范靜妻沈滿願集三卷。王氏有孤雁詩爲世所稱，詩詞宛轉，蓋絕唱也。木蘭詞亦傳爲梁人作，玩其音節，類是。唐人韋元甫有擬木蘭詩一篇，後人幷以此篇爲韋作，非也。詞哀感頑艷，爲人人所習讀，不具錄。

春牖對芳洲，珠簾新上鈎。燒香知夜漏，刻燭驗更籌。天禽下北閣，織女入西樓。月皎疑非夜，林疏似更秋。水光懸蕩壁，山翠下添流。詎假西園讌，無勞飛蓋遊。（庾肩吾奉和春夜應令）

妾家五湖口，采菱五湖側。玉面不關妝，雙眉本翠色。日斜天欲暮，風生浪未息。宛在水中央，空作兩相憶。（曹祖采菱）

輕鬢學浮雲，雙蛾擬初月。水澄正落釵，萍開理垂髮。（范靜妻映水曲）

昔年無偶去，今春猶獨歸。故人恩義重，不忍復雙飛。（衛敬瑜妻孤燕詩）

昭明太子文選與徐陵玉臺新詠爲文學家編纂總集之始　劉勰文心雕龍與鍾嶸詩評爲後世批評文學之宗

昭明太子集文臣撰文選，簡文帝勅徐陵撰玉臺新詠，搜羅宏富，爲梁一代文人之巨製，文學家編纂總集，此其始也。同時劉勰撰文心雕龍，鍾嶸撰詩評，議論精審，評得其當，並爲後世批評文學之宗，由是知我國文人對於學術之研求，至有梁始知有所謂選擇與批評也。勰字彥和，東莞莒人，早孤，家貧不能婚娶，依沙門僧祐，與之居處十餘年，博通經論，昭明太子深愛接之，撰文心雕龍五十篇，書成，欲取定於沈約，約時貴盛，無由自達，乃負其書，候約出干車前，約命取讀，大重之。謂：「深得文理，應陳之几案。」名由是顯。文心雕龍者，後學之津梁也。嶸字仲偉，潁川長社人，齊永明中爲國子生，至梁爲晉安王記室，品評古今五言詩，次其優劣，分上中下三品，名曰詩評，其中評語，多得其當，惟所云某出於某者，皆憑理想，穿鑿不可信。魏文帝丕嘗集劉楨徐幹諸子之文，又評次而爲典論，已爲編纂總集批評文學之先聲，惟其範圍太狹，且惜其缺乏統系與條理也。

陳詩仍掇拾梁人餘韵

徐陵

第十三章　齊梁陳詩風綺靡與六朝詩體之蛻化(下)

陳詩仍掇拾梁人餘韵——徐陵——陰鏗——江總以次之作者——三朝詩體蛻化之跡可按而得

自晋迄陳，詩變者數，孫許扇以玄言，陶潛革以田野，靈運暢以山水，簡文變以宮體。陳享國僅二十餘年，未暇談風論雅，一代文學，不過掇拾有梁餘韵耳。詩之作者，仍甚靡靡，徐陵江總陰鏗張正見，並稱大家，而陵以兩代詞臣，承宮體流化，享名尤盛。後主荒淫，務爲新艷，製玉樹後庭花臨春樂諸曲，以美其張孔二貴妃。又命宮人袁大捨爲女學士，日使諸貴嬪及女學士與諸狎客，共賦新詩，狎客多爲文臣，江總孔範均其選也。文人至此，風雅蕩然矣。

徐陵字孝穆，東海郯人，父摛，梁戎照將軍，簡文爲太子時，與父幷在東宮，梁亡，遂仕於陳，累遷散騎常侍。陵在陳爲一代文宗，軍檄詔策，多出其手，其詩輕艷，簡文之流化也。迭經喪亂，存者僅四十餘篇。

關山三五夜，客子憶秦川。思婦高樓上，當窗應未眠。星旗映疎勒，雲陣上祁連。戰氣今

如此，從軍復幾年。（徐陵關山月）

陰鏗

陰鏗字子堅，武威姑臧人，博涉史傳，尤善五言詩，初爲梁湘東王法曹行參軍，入陳累遷至散騎常侍。詩才清綺，造語益工，杜少陵所謂「頗學陰何苦用心。」陰卽陰鏗，何乃何遜也。

依然臨送渚，長望倚河津。鼓聲隨聽絕，帆勢與雲隣。泊處空餘鳥，離亭已散人。寒林正下葉，釣晚欲收綸。如何相背遠，江漢與城闉。（陰鏗江津送劉光祿不及）

江總

江總字總持，濟陽考城人，梁武帝時已知名，官尚書僕射，至陳官尚書，爲後主所愛幸，日與帝及所謂貴嬪文學士者相唱和。其詩長於五七言，極稱浮艷，爲時人所競傳。宮體浸淫，變而爲俗，正指此一輩人物也。

寂寂青樓大道邊，紛紛白雪綺窗前。池上鴛鴦不獨自，帳中蘇合還空然。屏風有意障明月，燈火無情照獨眠。遼西水凍春應少，薊北鴻來路幾千。願君關山及早度，照妾桃李片時妍。（江總閨怨篇）

張正見

張正見字見賾，淸河東武城人，梁簡文爲太子時，正見年十三獻頌，簡文極賞

何胥以次之作者

三朝詩體蛻化之跡可按而得

賞之，至陳，官至散騎常侍。正見詩，益嚴密，已有通首成律者。

征途愁轉旆，連騎慘停鑣。朔氣凌疎木，江風送上潮。青雀離帆遠，朱鳶別路遙。唯有當秋月，夜夜上河橋。（張正見秋日別庾正員）

此外如何胥周弘讓輩，亦均能詩，惟可傳者殊寥寥，世變多故，文人凋落，零香碎瓣，亦可寶也。

出關登隴坂，回首望秦川。絳水通西晉，機橋指北燕。奔流下激石，古木上參天。鶯啼落春後，雁度在秋前。平生屢此別，腸斷自催年。（何胥被使出關）

綜觀齊梁陳三代之詩，有於古體中見律句者，有於律體中故作一二古句者，有全首爲律體者，脫化之跡，可按而得。自陳迄隋，行將見步步脫其軀殼，而一試露其嶄然之新面目，文學遞嬗，豈偶然哉。

第十四章　北魏北齊北周詩學之不競

北朝詩風遠遜南朝——北魏——溫邢——北齊——顏之推——北周——庾王

——北朝歌詩

北朝詩風遠遜南朝

北朝定鼎沙朔，文風遠遜於南朝，學士大夫，因亦慕乎風雅，傾乎艷藻，然學者如牛毛，成者如麟角，一代風華，未可以意構也。以論夫詩，魏之溫子昇，齊之邢邵顏之推，俱有詩傳，溫邢與魏收，時號三才，蓋匪但能詩，文章辭賦，亦一時之選也。庾信王褒，並仕於梁，入周以後，名振河朔，宮體餘化，蔚爲一代大宗，南朝遺彥，北朝之明星也。魏享國百五十年，齊不及三十，周二十五，三代迭興，亘二百載，以論風流，如斯而已。

北魏溫子昇

溫子昇字鵬舉，晉大將軍嶠之後也，世居江左，祖恭之避難歸魏。子昇初學於崔靈恩劉蘭，常景許其爲大才士。熙平初，博詔詞人，充御史。濟陰王暉業云：『江左文人，宋有顏延之謝靈運，梁有沈約任昉，我子昇足以淩顏轢謝，含任吐沈。』庾信自南至北，惟愛子昇寒山封碑，嘗云：「惟有寒山一片石，堪共語耳。」文章之外，亦能詩。

長安城中秋夜長，佳人鑄石擣流黃。香杵紋砧知近遠，傳聲遞響何凄涼。七夕長河爛，中秋明月光。蠮螉塞邊逢候雁，鴛鴦樓上望天狼。　温子昇擣衣

邢邵

邢邵字子才，河間鄚人，少在洛陽以山水游晏爲娛，嘗霖雨讀漢書，五日略徧。年二十，名動衣冠，歷仕魏齊，後爲兗州刺史，有政聲，與温子昇並稱温邢，亦能詩。

綺羅日減帶，桃李無顏色。思君君未歸，歸來豈相識。　邢邵思公子

北齊　顏之推

顏之推字子介，瑯琊臨沂人，自梁入齊，河清末，舉爲趙州功曹參軍，尋待詔文林館，爲祖珽所重，累遷至中書舍人，齊亡入周，大象末，爲御史上士，隋開皇中太子召爲學士，以疾終，著家訓二十篇，有詩傳世。

俠客重艱辛，夜出小平津。馬色迷關吏，雞鳴起戍人。露華鮮劍采，月照寶刀新。問我將何去，北海就孫賓。　顏之推從周入齊夜度砥柱

北周　庾信

庾信字子山，南陽新野人，父肩吾梁散騎常侍中書令，肩吾在東宮時，東海徐

摛爲左衞率，摛子陵及信並爲抄撰學士，二子辭采艷發，名高一時，每一文出，爭相傳誦，稱徐庾體。臺城陷後，信奔江陵，元帝時，奉使於周，遂留長安。陳周通好，留寓之士，許還舊國，惟信及王褒不遣，乃作哀江南賦以厲感。

子山詩淸新綺艷，名句獨多，以比何水部似又過之，梁陳間之冠冕也。

春水望桃花，春洲藉芳杜。琴從綠珠借，酒就文君取。牽馬向渭橋，日暮山頭哺。山簡接羅倒，王戎如意舞。箏鳴金谷園，笛韻平陽塢。人生一百年，歡笑惟三五。何處覓錢刀，求爲洛陽賈。 庾信對酒歌

蕭條亭障遠，悽愴風塵多。關門臨白狄，城影入黃河。秋風別蘇武，寒水送荊軻。誰言氣蓋世，晨起帳中歌。 庾信擬詠懷之一

王褒

王褒字子淵，瑯琊臨沂人，祖騫父規，並仕於梁，周師征江陵，元帝授褒都督城西軍事，軍敗，從元帝出降。褒與庾信，並蒙禮遇，談詩論賦，常侍左右，後除宣州刺史。詩尚綺艷，庾信之亞也。

秋風吹木葉，還似洞庭波。常山臨代郡，亭障繞黃河。心悲異方樂，腸斷隴頭歌。薄暮臨

征馬，失道北山河。（王褒渡河北）

常景以次之作者

此外如魏之常景，齊之祖珽蕭愨等，均有詩傳，然迄少佳者，惟蕭愨以「芙蓉露下落，楊柳月中疏。」一句，爲顏之推所極稱，譽之所博，遐邇傳誦，非僅幸運，亦見其難能而可貴也。

發軔城西畤，回輿事北遊。寒山石道凍，葉下故宮秋。朔路傳清警，邊風卷畫旒。歲餘巡省畢，擁仗返皇州。（蕭愨上之回）

北朝之歌詩

北朝歌謠，亦有佳者。梁書楊華少有勇力，容貌雄偉，魏太后逼之，華懼禍，乃率其部曲降梁。太后思之，爲作楊白花歌，使宮人連臂蹋足歌之。北史魏咸王禧謀逆伏誅後，宮人爲之歌，其歌流於江表，北人在南者，弦管奏之，莫不泣下。二歌聲調纏綿，情節悽婉，使人讀之，酸楚欲絕，一時作品，幾無出其右者，豈寒香冷艷，愈足動人憐愛耶。

陽春二三月，楊柳齊作花。春風一夜入閨闥，楊花飄蕩落南家。含情出戶脚無力，拾得楊花淚沾臆。春去秋來雙燕子，願銜楊花入窠裏。（楊白花歌）

可憐咸陽王，奈何作事誤。金牀玉几不能眠，夜踏霜與露。洛水湛湛彌岸長，行人那得渡。
○咸陽王歌

綜觀三朝作家，庾信王褒爲大，二子固南朝之奇秀也，文風不競，於斯可覩。史稱江左宮商發越，宜於歌詠，河朔詞義剛貞，便於時用，信夫。

第十五章　隋詩餘光反射爲六朝詩學之終局

隋詩之復古運動——楊素——薛道衡——虞世基以次之作者——聲律日密浸淫以入於唐

隋詩之復古運動

梁陳以降，詩風日替，詞尚輕巧，語多哀思，以云綺靡，於斯極矣。隋文承運，聲言復古，詔令頻頒，文體幾變，惟振拔未久，仍蹈側麗，雖曰人爲，亦六朝之詩勢盡也。隋書文苑傳曰：『隋皇初統萬機，每念斲彫爲樸，發號施令，咸去浮華，然時俗詞藻，猶多淫麗，故憲臺執法，屢飛霜簡。』李諤上文帝書云：『自魏三祖，更尚文詞，忽人君之大道，好彫蟲之小藝，下之從上，有同影響，競騁文華，遂成風俗。江左齊梁，其弊彌甚，貴賤賢愚，惟矜吟咏，遂復遺理存異，尋虛逐微，競一韻之奇，爭一字之巧，連篇累牘，不出月露之形，積案盈箱，惟是風雲之狀，世俗以此相高，朝廷據茲取士，祿利之路既開，愛尚之情愈篤，於是閭里童昏，貴游總丱，未窺六甲，先製五言。……及大隋受命，聖道聿興，屛黜浮詞，遏止華僞，自非懷經抱質，志道依仁，不得引領搢紳，參廁纓冕。開皇四年，普詔天下，公私文翰，並宜實錄，其年九月，泗州刺史司馬幼之文表華艷，付有司推罪，自是公卿大臣，咸知正道，莫不仰鑽墳素，棄絕華綺。……」當時之規復古雅，屏斥側麗，其嚴厲可知也。煬帝初習藝文，有非輕側之論，暨乎既位，一變其風，詔書詩賦，並存雅體，雖意在驕淫，而詞無浮蕩，故當時綴文之士，遂得依而取正。若盧思道薛道衡虞世基柳䛒孫萬壽王胄之徒，均能馳譽文林，以風骨相高尚，河洛之英，江左之彥，翩然並集，稱盛一時，淫麗之辭固少，而駢麗藻飾，猶有齊梁之遺音焉。迨後煬帝驕淫，流連聲伎，所爲清夜游泛龍舟諸曲，以視東都受朝詩飲馬長城窟諸篇，如出兩人之手，以致當時文人，復好淫麗，新聲競作，而雅制終廢矣。

楊素字道處，愔族子，少落拓有大志，周武謂之曰：「善自勉，勿憂不富貴。」素應聲曰：「臣但邀富貴求偪臣，臣無心圖富貴。」及仕隋，位極人臣。有贈薛播州七百字詩，清遠有風骨。薛得詩曰：「人之將死，其言也善，若是乎。」未幾而卒。素以武夫能詩，而名句似出高人，亦奇才也。

居山四望阻，風雲竟朝夕。深溪橫古樹，空巖臥幽石。日出遠岫明，鳥散空林寂。蘭庭動幽氣，竹室生虛白。落花入戶飛，細草當階積。桂酒徒盈樽，故人不在席。日落山之幽，臨風望羽客。　楊素山齋獨坐贈薛內史二之一

薛道衡

薛道衡字元卿，河東汾陰人，在齊與范陽盧思道安平李德林齊名，陳使傅縡聘齊，以道衡兼主客郎接對之，縡贈詩五百，均道衡和之，南北稱美。魏收曰：「傅縡所謂以蚓投魚耳。」歷仕周隋，聲名藉甚，與楊素最善，煬帝卽位，官至司隸大夫，得罪縊死，時年七十。有「空梁落燕泥」句，爲時所稱。煬帝好文，不欲人出其右，聞道衡死曰：「更能作空梁落燕泥否。」道衡詩才清美，一時之選也。

垂柳覆金堤，蘼蕪葉復齊。水溢芙蓉沼，花飛桃李蹊。採桑秦氏女，織錦竇家妻。關山別蕩子，風月守空閨。恒斂千金笑，長垂雙玉啼。盤龍隨鏡隱，彩鳳逐帷低。飛魂同夜雀，倦寢憶晨雞。暗牖懸蛛網，空梁落燕泥。前年過代北，今歲往遼西。一去無消息，那能惜馬蹄。　薛道衡昔昔鹽

虞世基

虞世基字茂世，會稽餘姚人，荔之子也，徐陵見之，以爲今之潘陸，仕陳至尙書左丞，入隋爲通直郎內史，傭書養親，嘗爲五言詩以見志。煬帝即位，顧遇彌隆，河東柳顧言，博有才學，罕所推許，至與世基相見，歎曰：「海內當共推此人，非吾儕所及也。」詩饒風骨，有奇氣。

隴雲低不散，黃河咽復流。關山多道里，相接幾重愁。虞世基入關

孫萬壽

孫萬壽字仙期，信都武強人，幼嫺經史，李德林見而奇之。文帝受禪，滕穆王引爲學士，坐衣服不整，配防江南，行軍總管宇文述召典軍書，萬壽以書生從軍，鬱鬱不得志，乃爲五言詩寄京邑知友，詩凡四百餘字，爲世所稱。

鄉關不再見。悵望窮此晨。山煙蔽鍾阜，水霧隱江津。洲渚斂寒色，杜若變芳春。無復歸飛羽，空悲沙塞塵。孫萬壽早發揚州還望鄉邑

王胄

王胄字承基，琅琊臨邑人，鍔孫，仕陳起家鄱陽王法曹參軍，陳亡，晉王廣引爲學士。大業初，爲著作佐郎，與虞綽齊名以文詞爲煬帝所重。帝嘗自東都還京師，賜天下大酺，因爲五言詩，召胄和之，帝覽詩謂侍臣曰：「氣致高遠，

歸之於胄，詞淸體潤，其在世基，意密理新，推庾自直，過此未可以言詩也。」及聞其死曰：「庭草無人隨意綠，更能作此語耶。」「庭草無人隨意綠，」乃胄名句，爲當時所傳誦者也。

五里徘徊鶴，三聲斷絕猿。何言俱失路，相對泣離樽。別路悽無已，當歌寂不喧。貧交欲有贈，掩涕竟無言。（王胄別周記室）

當時諸家，雖極力謀復古雅，然均不能脫徐庾餘習，此外作者甚衆，其體愈近，可知詩學衍進之勢，絕非一二人力所能阻止也。

遊人杜陵北，送客漢川東。無論去與住，俱是一飄蓬。秋鬢含霜白，衰顏倚酒紅。別有相思處，啼烏雜晚風。（尹式別宋常侍）

早秋驚落葉，飄零似客心。翻飛未肯下，猶言惜故林。（孔紹安落葉）

隔巷遙停幰，非復爲來遲。只言更尚淺，未是渡河時。（陳子良七夕看新婦隔巷停車）

楊柳青青著地垂，楊花漫漫攪天飛。柳條折盡花飛盡，借問行人歸不歸。（無名氏送別）

聲病之說，始於沈約，隋陸法言等造切韻，而後體律乃大備。初隋諸家，均尚

浸淫以入於唐

風骨，至其小詩，則可列之初唐名家中，蓋聲律日密，浸淫入唐矣。

詩史卷上終

詩史卷中

第一章　初唐詩體與沈宋（上）

唐詩之極盛——初唐詩體猶未脫齊梁餘習——魏王諸人首開草昧之風——初唐四傑——四傑五言爲律家正始

唐詩之極盛

有唐一代文學，最盛者莫如詩，作者既衆，體亦美備，自帝王卿士以至婦女方外，凡稍具有文學天才者，莫不能含風吐雅，曲解謳吟。宋計有功撰唐詩紀事，所錄凡千五百餘家，在當時已驚其搜羅奇富，迨清康熙朝，敕編全唐詩，採集竟多至二千二百餘家，以視計作，超出將及千家，懿歟盛矣。歷來論唐詩者，皆區爲初盛中晚四期：自高祖武德以後百年間爲初唐，玄宗開元以後五十年間爲盛唐，代宗大歷以後八十年間爲中唐，宣宗大中以後迄唐亡爲晚唐。詩體衍進，自有其一定之勢，本無所謂初盛中晚，惟有唐一代，享國較久，作者亦特衆，綜合而論，似嫌冗雜，故不得不仍沿襲其舊稱，僅爲時代之斷別，以便

初唐詩體猶未脫齊梁餘習

易於論次，至其一代詩風之來踪去跡，亦可於此中窺得之矣。

唐始承業，文風未振，談風論雅，多陳隋舊人，故輕詞麗語，猶存嫋嫋之音。太宗爲太子時，即雅好文學，開文學館以延天下士，所稱十八學士者，皆此輩中人也。即位之後，殿左置弘文館，悉引學士番宿更休，聽政之暇，馳情文詠，一代風流，實啟其端。惟性好綺艷，喜拾齊梁糟粕，宮體餘習，其流愈靡，帝王之於詩，可謂有同好焉。當時能詩者，有魏徵陳叔達王珪虞世南許敬宗蔡允恭薛收褚亮……諸人，多以舊朝之詞臣，作新朝之奇彥，遞嬗之際，自應有此一輩人點綴於其間。至若李百藥長孫無忌詞旨側麗，猶傳宮體之遺，王績字句挺秀，又四傑之先導也。武后臨制，猶愛文藝，撰書選士，濟濟多才，游宴侍從，賦詩應制，皆能望顏承色，邀女后歡喜，崔融薛稷閻朝隱蘇味道李嶠張說劉允濟徐彥伯崔湜杜審言宋之問沈佺期……均其倫也。上官婉兒以天賦之資，繩其祖武，馳騁詞林，莫能與並。其祖儀嘗爲六對之論，詩亦綺錯，至婉兒又益之以婉麗，故世稱上官體。沈宋承之，又加靡麗，回忌聲病，約句準篇，學者宗之，又稱沈宋。以時代論，四傑之作，固可代表初唐，以詩體論，則唐律之大成美備，皆上官沈宋之功也。惟陳子昂發奮自爲，立追古昔，感遇諸篇，風骨卓絕。張九齡繼之，愈加秀拔。王漁洋曰：『唐五古詩凡數變，自陳拾遺奪魏晉之風骨，變梁陳之俳優，而張曲江實爲之繼也。』景龍（中宗）中，上官昭儀以及武后時諸學士，猶備侍從，文讌賦詩，不減曩昔，惟君臣唱和，率多應制之作，脂跡香痕，不勝述也。此後以入盛唐。

魏徵字玄成，魏州曲城人，少孤落魄，太宗時，拜諫議大夫，性直，每犯顏進諫，貞觀初，詔顏師古孔穎達修隋史，徵總其事。太宗好文，雅慕綺艷，一時和者甚衆，惟徵述懷，猶有古意，所謂王魏諸人，首開草昧之風，魏即徵，王乃王績也。

中原初逐鹿，投筆事戎軒。縱橫計不就，慷慨志猶存。策杖謁天子，驅馬出關門。請纓繫南粵，憑軾下東藩。鬱紆陟高岫，出沒望平原。古木鳴寒鳥，空山啼夜猿。既傷千里目，還驚九折魂。豈不憚艱險，深懷國士恩。季布無二諾，侯嬴重一言。人生感意氣，功名誰

復論。（魏徵述懷）

虞世南

虞世南字伯施，越水餘姚人，荔子，與兄世基同受業於吳顧野王，世基文過世南，而贍博不及。太宗好爲宮體，使世南和之。諫曰：「聖作雖工，體非雅制，上之所好，下必隨之，此文一行，恐致風靡，而今而後，請不奉詔。」但其篇什，仍沿聲律，亦積習使然耳。及卒，太宗爲詩一篇，已而歎曰：「鍾子期死，伯牙不復鼓琴，朕此詩將何以示。」令起居郎褚遂良詣其帳焚之。有集三十卷，詔褚亮爲之序。

寒閨織素錦，含怨斂雙蛾。綜新交縷澀，經脆斷絲多。衣香逐袖舉，釧動應鳴梭。還恐裁縫罷，無信達交河。（虞世南中婦織流黃）

李百藥

李百藥字重規，定州安平人，隋內史令德林子也。七歲時，客有談徐庾文者云：「既收成周之禾，將刈瑯琊之稻。」衆皆不省。百藥進曰：「春秋鄅子藉稻，杜預注云，鄅在瑯琊開陽縣。」客皆大驚。貞觀中，授太子右庶子。其詩綺麗，猶存宮體之遺，上官以後，遂爲沈宋，然其風亦稍稍變矣。

少年飛翠蓋，上路勒金鑣。始酌文君酒，新吹弄玉簫。少年不歡樂，何以盡芳朝。千金笑裏面，一搦掌中腰。挂纓豈憚宿，落珥不勝嬌。寄與少年子，無辭歸路遙。（李百藥少年行）

王績

王績字無功，絳州龍門人，兄通，隋大儒，大業中，績受秘書正字，後求爲六合丞，以嗜酒被劾，歸田讀書，自號東皐子。武德初，以前官待詔門下省，給酒日三升，或問待詔何樂。答云：「良醞可戀耳。」陳叔達聞之，日給酒一斗，時稱斗酒學士。績詩已別具新模，五古迥異陳隋，每篇之中，時有秀句，四傑之先導也。

松生北巖下，由來人徑絕。布葉梢雲煙，插根擁巖穴。自言生得地，獨負凌雲潔。何時畏斤斧，幾度經霜雪。風驚西北枝，雹隕東南節。不知歲月久，稍覺枝幹折。藤蘿上下碎，枝幹縱橫裂。行當糜爛盡，坐共灰塵滅。寧關匠石顧，豈爲王孫折。盛衰自有時，聖賢未嘗屑。寄言悠悠者，無爲嗟大耋。（王績古意）

北場芸藿罷，東皐刈黍歸。相逢秋月滿，更値夜螢飛。（王績秋夜喜逢王處士）

王勃

王勃字子安，絳州龍門人，九歲得顏師古注漢書讀之，作指瑕以擇其失。沛王

楊炯

聞其賢，召署府修撰，時諸王鬥雞，勃戲作檄文，高宗見而怒之曰：「此乃交構之漸。」斥出，客劍南。九月九日，都督閻伯嶼大會客於滕王閣，勃時道過南昌，年少厠坐末，閻宿命其婿吳子章作滕王閣序以誇客，出紙遍請，無敢當者，勃受而不辭，閻遣吏伺其文卽報之，至「落霞與孤鶩齊飛，秋水共長天一色。」閻乃矍然曰：「天才也。」與楊炯盧照隣駱賓王齊名，時稱四傑。四傑詩才清麗，一振徐庾綺靡之風，一篇之中，秀句疊出，如幽花艷草雜綴棘莽間，奇趣橫生，愈使人讀而生愛，自是初唐特色。四傑歌行如王之采蓮曲，盧之長安古意，駱之帝京篇，皆綴錦貫珠，初唐之冠冕也。有王子安集。

侵星違旅館，乘月戒征儔。複嶂迷晴色，虛巖辨暗流。猿吟山漏曉，螢散野風秋。故人渺何際，鄉關雲霧浮。（王勃焦山早行和陸四）

江曠春潮白，山長曉岫青。他鄉臨眺極，花柳映邊亭。（王勃早春野望）

楊炯華陰人，年十一，舉神童，授校書郎爲崇文館學士，武后時，左轉梓州司法參軍，遷婺州盈川令，卒於官。嘗聞人以四傑稱，乃自言曰：「吾愧在盧前，恥居王後。」其詩才實不及勃也。有盈川集。

賤妾留南楚，征夫向北燕。三秋方一日，少別比千年。不掩嚬紅縷，無論數綠錢。相思明月夜，迢遞白雲天。（楊炯有所思）

敞朗東方徹，闌干北斗斜。地氣俄成霧，天雲漸作霞。河流纔變馬，巖路不容車。阡陌經三歲，閭閻對五家。露文沾細草，風影轉高花。日月從來惜，關山猶自賒。（楊炯早行）

盧照鄰

盧照鄰字昇之，范陽人，十歲從曹憲王義方授蒼雅，調邵王府典籤，王愛其才，調新都尉，染風疾去官，居太白山。旋客東龍門山，疾甚足攣，一手又廢，乃去陽翟具茨山下，買園數十畝，疏潁水周舍，復豫爲墓，偃臥其中，後不堪其苦，與親屬訣，自投潁水死，年四十。有幽憂子集。

歲將暮兮歡不再，時已晚兮憂來多。東郊絕此麒麟筆，西山秘此鳳凰柯。死去死去今如此，生兮生兮奈汝何。歲去憂來兮東流水，地久天長兮人共死。明鏡羞窺兮向十年，駿馬停驅兮幾千里。麟兮鳳兮，自古吞恨無已。

茨山有薇兮穎水有漪，夷為柏兮秋有實，叔為柳兮春向飛。倏爾而笑，汎滄浪兮不歸。（盧照鄰釋疾文歌）

駱賓王

駱賓王義烏人，初為道王府屬，歷武功主簿，調長安主簿。善為五言詩，所作帝京篇，當時以為絕唱。武后時，數上疏言事，下除臨海丞，鬱鬱不得志，棄官去。徐敬業舉兵，署賓王為府屬，為敬業傳檄天下，后讀其檄，初但微笑，至「一抔之土未乾，六尺之孤何託。」矍然曰：「誰為之。」或以賓王對。后曰：「宰相安得失此人。」敬業敗，賓王亡命，不知所之。中宗時，詔求其文，得數百篇，有駱丞集。

歸懷剩不安，促榜犯風瀾。落宿含樓近，浮月帶江寒。喜逐行前至，憂從望裏寬。今夜南枝鵲，應無繞樹難。（駱賓王鄉望夕泛）

城上威風冷，江中水氣寒。戎衣何日定，歌舞入長安。（駱賓王在軍登城樓）

四傑五言為律家正始

四傑雖力振綺靡，而詞旨華麗，仍未脫盡陳隋餘習，惟骨氣翩翩，意象老境，超然勝之，五言遂為律家正始，與盛唐諸家，在詩學史上，各據有其特殊地位。

焉。

第二章　初唐詩體與沈宋（中）

上官體之風靡——珠英學士與沈宋——劉希夷——五言至沈宋始可稱律

珠英學士與沈宋

武后獎進文學，引拔極衆，始以北門諸學士，纂集羣書，臨制後，又有三教珠英之選，預修者，有員半千崔湜張說李嶠徐堅徐彥伯閻朝隱富嘉謨劉知幾劉允濟宋之問沈佺期李適王無競尹元凱喬備……諸人，集所賦詩，各顧爵里，以官班爲次，而崔融爲之序，惟珠英學士集已佚，不可考也。當時文人，以沈宋爲傑出，每以麗詞，邀女后歡喜，上官婉兒又爲之染翰着色，朝野爭羨，故一時化之。其詩綺錯，法嚴韻穩，視四傑爲少進，唐律之成功也。

上官儀

上官儀字游韶，陝州人，貞觀初，擢進士，召授弘文館學士，遷秘書郎。高宗即位，爲秘書少監，麟德元年，坐梁王忠事下獄死。儀工詩，嘗爲六對之說：一曰正名對，天地日月是也。二曰同類對，花草葉芽是也，三曰連珠對，蕭蕭赫赫是也。四曰雙聲對，黃槐綠柳是也，五曰疊韻對，徬徨放曠是也。六曰雙擬對，春樹秋池是也。又爲八對之說：一曰的名對，送酒東南去，迎琴西北來是也。二曰異類對，風織池間樹，蟲穿草上文是也。三曰雙聲對，秋露香佳菊，春風馥麗蘭是也。四曰疊韻對，放蕩千般意，遷延一介心是也。五曰聯綿對，殘河若帶，初月如眉是也。六曰雙擬對，議月眉期月，論花頰勝花是也。七曰回文對，情新因意得，意得逐情新是也。八曰隔句對，相思復相憶，夜夜淚沾衣，空歎復空泣，朝朝君未歸是也。自儀六對之說出，而詩律益嚴整，故世稱上官體。儀嘗凌晨入朝，循洛水步月，徐轡詠詩，詩詞惻麗，爲時所稱。有集三十卷，令佚。

脈脈大川流，驅車歷長洲。鵲飛山月曙，蟬噪野雲秋。　上官儀入朝洛堤步月

上官婉兒

上官婉兒，儀之孫也，性韶警，善文章，年十四，武后召見，有所制作，若素搆，嘗忤旨當誅，后惜其才，止黥而不殺也。沈宋諸人應制之作，多經婉兒評定。中宗即位，進拜昭容，勸帝侈大書館，贈學士員，引大臣名儒充選，賜宴賦詩，君臣賡和。婉兒嘗代帝及后長樂安寧二主，衆篇並作，采麗益新。又次第羣臣所賦詩，賜金爵，一時相慕，靡然成風。婉兒詩麗而能秀，且多逸致，

無一毫人間煙火氣，亦奇才也。

霽曉氣清和，披襟賞薜蘿。玳瑁凝春色，琉璃漾水波。跂石聊長嘯，攀松乍短歌。除非物外者，誰就此經過。

暫爾遊山第，淹流惜未歸。霞窗明月滿，澗戶白雲飛。書引籐爲架，人將薜作衣。此眞攀玩所，臨睨賞光輝。（上官婉兒遊長寧公主流杯池之二）

杜審言

杜審言字必簡，襄陽人，擢進士爲隰城尉，恃才傲世，嘗語人曰：「吾文章當得屈宋爲衙官，吾筆當得王羲之北面。」其矜誕類此。蘇味道爲天官侍郎，審言集判，出語人曰：「味道必死，」人驚問故，答曰：「彼見吾判且羞死。」藝苑卮言曰：『審言華藻整飭，小讓沈宋，而氣度高逸，神情圓暢，自是中興之祖。』春日江津遊望詩，有「煙銷垂柳弱，霧捲落花輕」句，爲時所稱。與崔融李嶠蘇味道並稱文章四友，崔等亦能詩。

獨有宦遊人，偏驚物候新。雲霞出海曙，梅柳渡江春。淑氣催黃鳥，晴光轉綠蘋。忽聞歌古調，歸思淚沾巾。（杜審言和晉陵丞早春遊望）

李嶠

李嶠字巨山，趙州贊皇人，少有才思，時畿尉能文詞者，有駱賓王劉光業，嶠最少與齊名。武后時，汜水獲瑞石，嶠爲御史，上皇符一篇，爲世所譏。後罷除刺史。嶠初與王勃楊炯接，中與崔融蘇味道齊名，晚諸人歿而爲文章宿老。玄宗嘗讀其汾陰行歎曰：「眞才子也。」與蘇味道又稱蘇李。

岐路方爲客，芳樽暫解顏。人隨轉蓬去，春伴落梅還。白雲渡汾水，黃河遶晉關。離心不可問，宿昔鬢成斑。李嶠送別

劉希夷

劉希夷一名庭芝，少有文華，善琵琶，好爲宮體，嘗作白頭吟詩有句云：「今年花落顏色改，明年花開復誰在。」既而悔曰：「我此詩讖與石崇白首同所歸何異。」乃更作一聯云：「年年歲歲花相似，歲歲年年人不同。」既而又歎曰：「此句復仍似向讖矣，然死生有命，豈復由此。」卽兩存之。詩成未週歲，爲奸人所殺。或曰，「宋之問害之。」或曰：「之問希夷甥。」或曰：「之問害希夷，以洛陽篇爲己作，至今猶載此篇於之問集中。」（按此篇在之問集中名有所思）劉賓客佳話錄云：「之問以土囊壓殺希夷，而奪其句。」臨漢隱居

詩話則又辨其妄。孫翌撰正聲集，以希夷爲集中之冠，由是大爲人所稱。代悲白頭吟公子行兩篇，情詞惻麗，聲調淒宛，與張若虛春江花夜月並爲一時名製，梁西洲曲之遺也。

> 洛陽城東桃李花，飛來飛去落誰家。洛陽女兒好顏色，坐見落花長歎息。今年花落顏色改，明年花開復誰在。已見松柏摧爲薪，更聞桑田變成海。古人無復洛城東，今人還對落花風。年年歲歲花相似，歲歲年年人不同。寄言全盛紅顏子，須憐半死白頭翁。此翁白頭眞可憐，伊昔紅顏美少年。公子王孫芳樹下，清歌妙舞落花前。光祿池臺交錦繡，將軍樓閣畫神仙。一朝臥病無相識，三春行樂在誰邊。婉轉蛾眉能幾時，須臾鶴髮亂如絲。但看古來歌舞地，唯有黃昏鳥雀飛。劉希夷代悲白頭吟

宋之問

宋之問字延清，汾州人，少有才名，武后召與楊炯分直習藝館。后常幸洛苑，詔群臣賦詩，東方虬先就，賜以錦袍。及得之問詩，更奪錦袍賜之。中宗春日幸集昆明，命侍臣應制，屬上官昭容選第一者。昭容從樓上落紙如飛，惟宋沈二詩不下，移時落一紙，乃沈詩也。評云：「二詩工力悉敵，宋末句不愁明月

五言至沈宋始可稱律

盡，更有夜珠來，較佺期爲更勝耳。」二子均媚事張易之，睿宗時，坐賜死。五言至沈宋，始可稱律，蓋虛實平仄，均不得任情也。七言律在當時，已開其端，宋之七律，多未成體，沈則間有佳者。所謂裁成六律，彰施五采，使言之而中倫，歌之而成聲，沈宋之功也。有靈隱寺詩，爲時所稱。或稱：之問嘗遊靈隱寺，月夜行吟，見一老僧，問曰：「何不寐。」之問曰：「偶欲題此寺，詩思未屬。」僧請吟上聯。即曰：「何不云，樓觀滄海日，門對浙江潮。」之問愕然。有知者曰，賓王也。至今此詩猶載賓王詩集中。按賓王集中，尚有江南送之問，兗州餞之問諸詩，二人舊知，詎能不識，姑並誌之。

妾住越城南，離居不自堪。採花驚曙鳥，摘葉餧春蠶。懶結茱萸帶，愁安玳瑁簪。待君消瘦盡，日暮碧江潭。 宋之問江南曲

鷲嶺鬱岧嶢，龍宮鎖寂寥。樓觀滄海日，門對浙江潮。桂子月中落，天香雲外飄。捫蘿登塔遠，刳木取泉遙。霜薄花更發，冰輕葉未凋。夙齡尚遐異，搜對滌煩囂。待入天臺路，看余渡石橋。 宋之問靈隱寺

沈佺期

沈佺期字雲卿，相州人，武后時，爲修文館學士。嘗對后曰：「身名已蒙齒錄，袍笏未賜牙緋。」后即賜之。開元初，始卒，故其七律有可置之盛唐者，以視之問，又稍進之。時稱沈宋比肩。

聞道黃龍戍，頻年不解兵。可憐閨裏月，長在漢家營。少婦今春意，良久昨夜情，能誰將旗鼓，一爲取龍城。（沈佺期雜詩之一）

盧家少婦鬱金堂，海燕雙棲玳瑁梁。九月寒砧摧木葉，十年征戍憶遼陽。白狼河北音書斷，丹鳳城南秋夜長。誰謂含愁獨不見，更教明月照流黃。（沈佺期古意）

韋成慶

韋成慶字延休，思謙子，武后朝，代父爲天官侍郎，神龍初，作附張易之流嶺表，有集六十卷，今佚。

天晴上初日，春水送孤舟。山遠疑無樹，潮平似不流。岸花開且落，江鳥沒還浮。羈望傷千里，長歌遣客愁。（韋成慶淩朝浮江旅思）

劉允濟　閻朝隱

與沈宋同時媚附易之者，尚有劉允濟閻朝隱……諸人，亦能詩，易之所賦，多朝隱所爲，其人均不足道也。

玉關芳信斷，蘭閨錦字新。愁來好自抑，念切已含嚬。虛牖風驚夢，空牕月厭人。歸期倘可促，勿度柳園春。劉允濟怨情

采蓮女，采蓮舟，春日春江碧水流。蓮衣承玉釧，蓮刺罥銀鈎。薄暮斂容歌一曲，氛氳香氣滿汀洲。閻朝隱采蓮曲

魏建安後，迄江左，詩律屢變。沈約庾信，以音韻相婉附，屬對精密。及之問佺期，又加靡麗，約句準篇，如錦繡成，惟其矜恃才華，故時傷浮艷。迨陳子昂張九齡振之以風骨，詩風一變，而盛唐之體成矣。

陳子昂

張九齡

第三章　初唐詩體與沈宋(下)

沈宋之反動——陳子昂——張九齡——蘇張——五七言絕句之成功

陳子昂字伯玉，梓州射洪人，武后朝，登進士，官至右拾遺。唐初文章，猶承徐庾餘習，至子昂，始變之以正雅，初爲感遇詩三十八章。王適曰：「是必爲海內文宗。」子昂感遇諸篇，激楚頓錯，出入風雅，律詩更能洗盡沈宋浮艷之習，詩之有盛唐，子昂之力居多焉。同時盧藏用編次其遺文凡十卷，而爲之序，有陳伯玉集。

朔風吹海樹，蕭條邊已秋。亭上誰家子，哀哀明月樓。自言幽燕客，結髮事遠遊。赤丸殺公吏，白刃報私讎。避仇至海上，被役此邊州。故鄉三千里，遼水復悠悠。每念胡兵入，常爲漢國羞。何知七十戰，白首未封侯。陳子昂感遇之一

故鄉杳無際，日暮且孤征。川原迷舊國，道路入邊城。野戍荒煙斷，深山古木平。如何此時恨，噭噭夜猿鳴。陳子昂晚次樂鄉縣

張九齡字子壽，韶州曲江人，擢進士，張說極稱之曰：「後世詞人之冠也。」

開元初，官左補闕。九齡文章之外，兼工詩賦，其詩古雅中有清致，子昂之繼也。有張曲江集。

蘭葉春葳蕤，桂華秋皎潔。欣欣此生意，自爾爲佳節。誰知林棲者，聞風坐相悅。草木有本心，何求美人折。 張九齡感遇之一

海上生明月，天涯共此時。情人怨遙夜，竟夕起相思。滅燭憐光滿，披衣覺露滋。不堪盈手贈，還寢夢佳期。 張九齡望月懷遠

蘇張

與子昂九齡同時以能文章工詩而享盛名者，尚有蘇頲張說。頲字廷碩，雍州人，說字道濟，洛陽人，二人均起自武后，顯於玄宗，文章功業，振撼當世，所謂燕許大手筆者是也。蘇詩在景龍中，已能冠絕儕輩，惟多應制之作。張詩謫岳州後，益悽惋，人以爲得江山之助也。

旅泊青山夜，荒庭白露秋。洞房懸月影，高枕聽江流。猿響寒巖樹，螢飛古驛樓。他鄉對搖落，併覺起離憂。 張說深渡驛

五言絕句之成功

初唐之末，諸體已臻完備，小詩亦然，如崔國輔之怨詞，丁仙芝之江南曲，即

其一例，以視四傑小詩，又是一種韵調，此唐五言絕句之成功也。

妾有羅衣裳，秦王在時作。爲舞春風多，秋來不堪著。　崔國輔怨詞

長干斜路北，近浦是兒家。有意來相訪，明朝出浣紗。

昨暝逗南陵，風聲波浪阻。入浦不逢人，歸家誰信汝。

始下芙蓉樓，言發琊琊岸。急爲打船開，惡許旁人見。　丁仙芝江南曲

張旭之桃花谿，張潮之采蓮曲，七言絕句之成功也。

隱隱飛橋隔野烟，石磯西畔問漁船。桃花盡日隨流水，洞在清溪何處邊。　張旭桃花谿

朝出沙頭日正紅，晚來雲起半江中。賴逢隣女曾相識，並著蓮舟不畏風。　張潮采蓮曲

張九齡蘇頲張說以及同時諸家作品，本全可置入盛唐諸家中，惟以求其轉變之跡，故附述於此，茲以爲初唐之殿，盛唐之先導焉。

第四章　盛唐詩學鼎盛及詩體之大成（上）

盛唐詩體之大成美備——王孟高岑——儲光義李欣常建與同時之作者——詩天子王昌齡

盛唐詩體之大成美備

開元天寶間，詩人之多，不可以悉數，王維孟浩然高適岑參儲光羲李頎常建王昌齡王之渙祖詠賈至綦毋潛……諸人，均稱大家。而李白杜甫，猶爲一代冠冕，李結古詩之局，杜則律詩之宗也。李杜同時，有沈千運者，與其同調王季友孟雲卿輩，爲詩力矯時習，別成一體。元結選篋中集，列千運於首，即所謂篋中集詩是也。當時詩體，已臻美備，如近體往體長短篇五七言律絕等製，莫不興於始，成於中，流於變，而陊之於終。各家亦均能任其天才，盡量而發揮之，或以清淡飄逸幽深閑遠爲工，或以新奇秀拔雄渾高古爲能，千紅萬紫，各極其妍，在詩學史上，稱極盛焉。

王維

王維字摩詰，太原人，工詩善畫，遷尚書右丞，嗜佛，有別墅在輞川，風景絕佳，與裴迪遊詠其中，喪妻不娶，孤居三十年。天寶末，祿山陷西京，大會凝碧池，梨園子弟，欷歔泣下。樂工雷海清擲樂器，西向大慟，賊支解于試馬殿。維時拘于菩提寺，有詩曰，「萬戶傷心生野煙，百僚何日更朝天。秋槐落葉深宮裏，凝碧池頭奏管絃。」後有罪，以此詩獲免。其詩尙神韻，猶精五七言律，樂府諸篇，多爲梨園所唱。商璠云，『維詩詞秀調雅，意新理愜，在泉爲珠，着壁成繪，』有王右丞集。

寒山轉蒼翠，秋水日潺湲。倚杖柴門外，臨風聽暮蟬。渡頭餘落日，墟里上孤烟。復值接輿醉，狂歌五柳前。（王維輞川閒居贈裴秀才迪）

中歲頗好道，晚家南山陲。興來每獨往，勝事空自知。行到水窮處，坐看雲起時。偶然值鄰叟，談笑無還期。（王維終南別業）

孟浩然

孟浩然，襄陽人，隱鹿門山，年四十，乃遊京師，張九齡王維雅稱道之。維私邀內署，遇玄宗，令誦詩，至「不才明主棄」句，帝曰，「卿不求仕，而朕未嘗棄卿，奈何誣我。」因放歸。其詩五言極工，名篇秀句，觸目皆是，與王維並稱王孟。王漁洋倡神韻，尊王而抑孟，以孟爲近俗，非中論也。有孟襄陽集。

木落雁南渡，北風江上寒。我家襄水曲，遙隔楚雲端。鄉淚客中盡，孤帆天際看。迷津欲有問，平海夕漫漫。（孟浩然江上有懷）

人事有代謝，往來成古今。江山留勝跡，我輩復登臨。水落魚梁淺，天寒夢澤深。羊公碑尚在，讀罷淚沾襟。（孟浩然與諸子登峴山）

高適字達夫，滄州人，玄宗時，舉有道科，官至諫議大夫，年五十，乃學爲詩。七言長篇，極悲壯之致，有高常侍集。

漢家煙塵在東北，漢將辭家破殘賊。男兒本自重橫行，天子非常賜顏色。摐金伐鼓下榆關。，旌旗逶迤碣石間。校尉羽書飛瀚海，單于獵火照狼山。山川蕭條極邊土，胡騎憑凌雜風雨。戰士軍前半死生，美人帳下猶歌舞。大漠窮秋塞草衰，孤城落日鬬兵稀。身當恩遇常輕敵，力盡關山未解圍。鐵衣遠戍辛勤久，玉筯應啼別離後。少婦城南欲斷腸，征人薊北空回首。邊風飄飄那可度，絕域蒼茫更何有。殺氣三時作陣雲，寒聲一夜傳刁斗。相看白刃血紛紛，死節從來豈顧勳。君不見沙場爭戰苦，至今猶憶李將軍。（高適燕歌行）

岑參

岑參，南陽人，嘗爲蜀嘉州刺史，後終於蜀。邊塞之作，蒼拔奇秀，與高適同一畦徑，時稱高岑。有岑嘉州詩。

北風捲地白草折，胡天八月卽飛雪。忽然一夜春風來，千樹萬樹梨花開。散入珠簾濕羅幕，狐裘不暖錦衾薄。將軍角弓不得控，都護鐵衣冷難著。瀚海闌干百丈冰，愁雲慘淡萬里凝。中軍置酒飲歸客，胡琴琵琶與羌笛。紛紛暮雪下轅門，風掣紅旗凍不翻。輪臺東門送君去，去時雪滿天山路。山迴路轉不見君，雪上空留馬行處。 岑參白雪歌送武判官歸京

儲光義

儲光義，丹陽人，開元中進士，歷官監察御史，與崔國輔綦毋潛等並以詩稱。詩才清逸，王孟之亞也。王漁洋獨以爲多龍虎鉛汞之氣。有集行世。

春至倉庚鳴，薄言向田墅。不能自力作，黽勉娶鄰女。旣念生子孫，方思廣田圃。閒時相顧笑，嘉悅好禾黍。夜夜登嘯臺，南望洞庭渚。百草被霜露，秋山響砧杵。却羨故年時，中情無所取。 儲光義田園雜興

李頎

李頎，東川人，與高適同時，長於歌行，兼工七律，其詩雄拔，高岑之亞也。

白日登山望烽火，昏黃飲馬傍交河。行人刁斗風砂暗，公主琵琶幽怨多。野營萬里無城郭

，雨雪紛紛連大漠。胡雁哀鳴夜夜飛，胡兒眼淚雙雙落。聞道玉門猶被遮，應將性命逐輕車。年年戰骨埋荒外，空見蒲萄入漢家。（李頎古從軍行）

常建

常建，與儲光羲綦毋潛齊名，詩才超逸而無位。殷璠云：『高才而無貴位，誠哉是言也，曩劉楨死于文學，左思終於記室，鮑照卒於參軍，今常建亦淪於一尉，悲夫。』殷極愛建詩「山光悅鳥性，潭影空人心，」句，故所撰河岳英靈集列建詩於首。歐陽永叔又稱其「竹徑通幽處，禪房花木深，」句，以爲欲效其語作一聯，竟不可得。二聯皆建題破山寺後院詩中語也。

泊舟淮水次，霜降夕流清。夜久潮侵岸，天寒月近城。平沙依雁宿，候館聽雞鳴。鄉國雲霄外，誰堪羈旅情。（王建舟泊盱眙）

王昌齡

王昌齡字少白，江寧人，中第補校書郎，遷汜水尉，旋貶龍標尉，世亂還鄉，爲刺史閭邱曉所害。其詩縝密而思淸，七絕爲其特長，時稱王江寧，有王江寧詩。

吳姬越艷楚王妃，爭弄蓮舟水濕衣。來時浦口花迎入，采罷江頭月送歸。（王昌齡采蓮曲）

昨夜風開露井桃，未央前殿月輪高。平陽歌舞新承寵，簾外春寒賜錦袍。王昌齡春宮曲

王之渙

王之渙，并州人，與王昌齡崔國輔連唱迭和，名動一時，涼州詞爲時所稱。

黃河遠上白雲間，一片孤城萬仞山。羌笛何須怨楊柳，春風不度玉門關。王之渙涼州詞

祖詠

祖詠，有望薊門詩，爲時所稱。

燕臺一望客心驚，簫鼓喧喧漢將營。萬里寒光生積雪，三邊曙色動危旌。沙場烽火連胡月，海畔雲山擁薊城。少小雖非投筆吏，論功還欲請長纓。祖詠望薊門

王翰

王翰，有涼州詞爲時所稱。

葡萄美酒夜光杯，欲飲琵琶馬上催。醉臥沙場君莫笑，古來征戰幾人回。王翰涼州詞

王灣

王灣江南意詩，論者以爲詩人以來，所未有。

客路青山外，行舟綠水前。潮平兩岸濶，風正一帆懸。海日生殘夜，江春入舊年。鄉書何處達，歸雁洛陽邊。王灣江南意

崔顥

崔顥黃鶴樓詩，嚴滄浪以爲唐人七律之冠。

昔人已乘黃鶴去，此地空餘黃鶴樓。黃鶴一去不復返，白雲千載空悠悠。晴川歷歷漢陽樹

，芳草萋萋鸚鵡洲。日暮鄉關何處是，煙波江上使人愁。（崔顥黃鶴樓）

盛唐諸公，李杜而外，王孟高岑，聲名最著。懷麓堂詩話曰：『唐詩李杜之外，王摩詰孟浩然足稱大家，王詩豐縟而不華靡，孟郤專心古澹，而悠遠深厚，自無寒儉枯瘠之病。』許彥周曰：『岑參詩，自成一家，蓋嘗從封常清軍，其記西域異事甚多，如優鉢羅花歌熱海行，古今傳記所不載也。』王昌齡在當時，號詩天子，七言諸絕，未可及也。

第五章　盛唐詩學鼎盛及詩體之大成（中）

李杜

王漁洋論盛唐詩，以李杜爲二聖，李富於才，杜深於學，富於才者豪於情，深於學者篤於性，詩原本乎性情，二家以性情爲詩，此其所以淩駕一代，妙絕千古也。李白論詩曰：『梁陳以來，艷薄斯極，沈休文又尙以聲律，將復古道，非我而誰。』又曰：『興寄深微，五言不如四言，七言又其靡也，況使束於聲調俳優哉，』白之言，似極倡復古，即其集中，亦古多於律，故論者，每以白詩爲結古風之局，實則白天才豪放，不屑屑於聲調格律間，情之所至，輒如長江大河，一洩千里，至其清新俊逸，盛唐之英華也。杜甫論詩曰：『陶冶性情在底物，新詩改罷自長吟，孰知二謝將能事，頗學陰何苦用心。』又曰：『讀書破萬卷，下筆如有神。』則其好學苦吟，與白之馳騁才情者，又自不同。元稹撰草堂墓誌銘，尊杜而抑李，宋子京唐書杜甫贊，秦少游作進論，皆本稹說，惟韓退之力詆其非，因爲詩曰：『李杜文章在，光燄萬丈長，不知羣兒愚，那用故誇傷，蚍蜉撼大樹，可笑不自量。』王世貞曰：『太白以氣為主，以自然為宗，以俊逸高暢為貴，子美以意為主，以獨造為宗，以奇拔沉雄為貴，詠之使人飄揚欲仙者，太白也，使人慷慨激烈歔欷欲絕者，子美也。』其言尙屬中論。

李白

李白字太白，其先隋末以罪徙西域，神龍初遁還，客巴西，既長隱岷山，蘇頲為益州刺史，見白異之，曰：「是子天才英特，少益以學，可比相如。」旋客任城，與孔巢父韓準裴政張叔明陶沔居徂徠山，日沉飲，號竹溪六逸。天寶初，南入會稽，與吳筠善，筠被召，白亦至長安，賀知章奇其文，言於玄宗，有詔供奉翰林，然猶與飲徒醉於市。帝坐沉香亭，召白賦詩，白賦淸平樂三章，為世所稱。以永王璘事流夜郎，旋放還，依當塗令李陽冰，悅謝家山水欲盡焉，及卒，葬東麓。元和宋宣歙觀察，使范傳正祭其墓，訪後裔，惟二孫女嫁為民妻，因泣曰，「先祖志在靑山，頃葬東麓，非本意。」乃改葬立二碑焉。白天才豪放，五七言歌行及五七言絕句，均臻神妙，五律有佳者，七律非所長，嘗以謝元暉自況，而杜甫則以鮑庾許之，均非過擬。有李太白集。

姑蘇臺上烏棲時，吳王宮裏醉西施。吳歌楚舞歡未畢，西山欲銜半邊日。金壺丁丁漏水多，起看秋月墮江波。東方漸高奈樂何。　李白烏棲曲

棄我去者昨日之日不可留，亂我心者今日之日多煩憂。長風萬里送秋雁，對此可以酣高樓。蓬萊文章建安骨，中間小謝又清發。俱懷逸興壯思飛，欲上青天覽日月。抽刀斷水水更流，舉杯銷愁愁更愁。人生在世不稱意，明朝散髮弄扁舟。　李白宣州謝朓樓餞別校書叔雲

舊苑荒臺御柳新，菱歌清唱不勝春。只今惟有西江月，曾照吳王宮裏人。　李白蘇州懷古

杜甫

杜甫字子美，本襄陽人，徙家鞏縣，少貧，客遊吳越齊趙間。李邕奇其才，先往見之，拜右拾遺，出爲華州司功參軍，棄官去，客秦州，負薪采栗以自給，其艱難困苦，往往形之於詩。遭時變亂，流落劍南，結廬城都郭。大歷中客來陽，遊嶽寺，大水遽至，涉旬不得食，縣令具舟迎之，饋牛炙白酒，大醉一夕卒。甫一寒士，飽經世變，故於人事之往還，盛衰之遞降，多所陳列，酸心痛淚，一一發之於詩。至於當時人民生活困苦之狀況，現身說法，猶能描寫盡致。

，故世稱詩史，又稱平民詩人之宗。歌行長篇及五七言律，味深氣厚，千秋絕調，絕句非所長。有杜工部詩集。

少陵野老吞聲哭，春日潛行曲江曲。江頭宮殿鎖千門，細柳新蒲爲誰綠。憶昔霓旌下南苑，苑中萬物生顏色。昭陽殿裏第一人，同輦隨君侍君側。輦前才人帶弓箭，白馬嚼齧黃金勒。翻身向天仰射雲，一笑正墜雙飛翼。明眸皓齒今何在，血汚遊魂歸不得。清渭東流劍閣深，去住彼此無消息。人生有情淚沾臆，江水江花豈終極。黃昏胡騎塵滿城，欲往城南望城北。（杜甫哀江頭）

昆明池水漢時宮，武帝旌旗在眼中。織女機絲虛夜月，石鯨鱗甲動秋風。波漂菰米沉雲黑，露冷蓮房墜粉紅。關塞極天惟鳥道，江湖滿地一漁翁。（杜甫秋興八首之一）

李杜之名篇佳製，多不勝舉，試取其集而盡讀之，當知其所以爲一代之冠者。與其他各家，固自不同也。

篋中集詩

元結

沈千運

第六章　盛唐詩學鼎盛及詩體之大成（下）

篋中集詩——元結——沈千運——律詩之反動

元結爲詩，力矯俳偶綺靡之習，在盛唐中別爲一體，所選篋中集詩，列沈千運於首，與千運同調者，尚有王季友孟雲卿于逖張彪趙徵明元季川諸人，其詩皆務爲雅正。篋中集編於乾元（肅宗）三年，凡七人，詩二十四首，千運諸人，多已先卒，所傳詩，亦不多，惜哉。

元結字次山，汝州人，嘗避安祿山亂，居樊上，自稱曰酒徒，又曰漫叟。官至道州刺史。其詩曲奥，殊少潤色，杜甫嘗和其春陵行，稱其可爲天地萬物吐氣。有元次山集。

石魚湖，似洞庭，夏水欲滿君山青。山爲樽，水爲沼，酒徒歷歷坐洲島。長風連日作大浪，不能廢人運酒舫。我持長瓢坐巴邱，酌飲四座以散愁。元結石漁湖醉歌

沈千運，吳興人，家於汝北，其詩務爲雅正，篋中集序云：「吳興沈千運，獨挺於流俗之中，強攘於已溺之後，窮老不惑，五十餘年，凡所爲文，皆與時異。

，故朋友後生，稍見師效，能似類者，有五六人。於戲，自沈公及二三子，皆以正直而無祿位，皆以忠信而久貧賤，皆以仁讓而至喪亡。異於是者，顯榮當世，誰爲辯士，吾欲問之……』是結不獨取其詩，亦愛惜痛惋於其人也。

今日天氣暖，東風杏花坼。筋力久不如，却羨澗中石。神仙杳難信，中壽稀滿百。近世多夭傷，喜見鬢髮白。杖藜竹樹間，宛宛舊行跡。豈知林園主，却是林園客。兄弟所存半，空爲亡者惜。冥冥無再期，哀哀望松柏。骨肉能幾人，年大自疎隔。性情誰免此，與我不相易。惟念得爾輩，相看慰朝夕。平生茲已矣，此外盡非適。沈千運感懷弟妹

沈千運諸人，多與李杜相往還，李白有贈于逖詩，杜甫則嘗稱豐城王季友，又有贈張十二山人彪詩，又稱孟子論文更不疑，孟蓋指孟雲卿。開元天寶間，有此一派，亦律詩盛行中，一小小反動也。

第七章　中唐詩風一變與元和長慶間詩人之體別（上）

中唐詩風之轉變——韋應物——劉長卿——李嘉祐——皇甫氏——秦系顧況與同時之作者——僧皎然

中唐詩風之轉變

中唐詩家之多，不減盛唐，所謂中不如盛者，特以其時代之不同，與詩風之轉變耳。當時作者，如韋應物劉長卿李嘉祐皇甫曾皇甫冉秦系顧況之倫，均能含芬吐秀，接踵前武。其中韋應物李嘉祐秦系皇甫曾兄弟，且並及開元天寶之盛，劉長卿顧況則以詩馳譽於上元寶應（肅宗）間，與所謂大歷（代宗）十才子者，先後輝映，馳騁當時。貞元（德宗）以降，迄元和（憲宗）長慶，其間名家輩出，韓愈柳宗元白居易元稹劉禹錫……等，皆爲一代宗匠。或以才氣凌人，或以平易近俗，體製各殊，爭鳴一代，浸浸乎有盛唐之觀焉。

韋應物

韋應物，京兆人，少以三衛郎侍明皇。永泰（代宗）中，授京兆功曹。大歷（代宗）十四年，自鄠令制除櫟陽令，以疾辭不就。建中（德宗）三年，拜比部員外郎累，官至蘇州刺史。應物高潔喜詩，與劉長卿丘丹秦系僧皎然顧況等相唱和，其詩多摹陶潛，至其佳者，却不在此，然自是沖淡一派。白樂天云：『韋蘇州五言高雅閒淡，自成一家之體。』有韋蘇州詩集。

今朝郡齋冷，忽憶山中客。澗底拾枯松，歸來煑白石。欲持一瓢酒，遠寄風雨夕。落葉滿空山，何處尋行跡。 韋應物寄全椒山中道士

江漢曾爲客，相逢每醉還。浮雲一別後，流水十年間。歡笑情如舊，蕭疏鬢已斑。何因不歸去，淮上對秋山。 韋應物淮上喜會梁川故人

劉長卿

劉長卿字文房，河間人，開元進士，官至隨州刺史，以詩馳譽上元寶應間，皇甫湜極稱之。長於五言，每題詩不言其姓，但言長卿而已。元好問曰：『學詩家有白首不能道長卿一句者。』有劉隨州集。

搖落暮天迴，青楓霜葉稀。孤城向水閉，獨鳥背人飛。渡口月初上，鄰家漁未歸。鄉心正欲絕，何處擣寒衣。 劉長卿餘干旅舍

李嘉祐

李嘉祐字從一，趙州人，大歷中爲兗州刺史，與劉長卿冷朝陽嚴維諸人相友善。五言律詩，婉麗絕倫。高仲武云，『嘉祐振藻天朝，大收芳譽，中興高流也

，往往涉于齊梁綺美婉麗，吳均何遜之敵也。至於「野渡花爭發，春塘水亂流。」「朝霞晴作雨，濕氣曉生寒。」文華之冠冕也。』有臺閣集。

細草綠汀洲，王孫耐薄遊。年華初冠帶，文體舊弓裘。野渡花爭發，春塘水亂流。使君憐小阮，應念倚門愁。　李嘉祐送王牧往吉州謁使君叔

皇甫冉

皇甫冉字茂正，丹陽人，大歷初，官至右補闕，長於五言，七言有「燕知社日辭巢去，菊爲重陽冒雨開」句，爲時所稱。弟曾字孝常，天寶進士。亦擅詩名，時人以之比張氏景陽孟陽，與劉長卿過從甚密，五言極工。

遊吳還適楚，來往任風波。復送王孫去，其如春草何。岸明殘雪在，潮滿夕陽多。季子留遺廟，停舟試一過。　皇甫冉送韓司直

謝客開山後，郊扉去水通。江湖十年別，衰老一樽同。返照寒川滿，平田暮雪空。滄州自有趣，不復泣途窮。　皇甫曾過長卿別業

秦系

秦系字公緒，會稽人，天寶末，避亂剡溪。建中初客泉州南安九日山，自稱南安居士。與劉長卿善，以詩相贈答。權德輿曰：「長卿自以爲五言長城，系用

偏師攻之。」韋蘇州有答系詩云：「知掩山扉三十秋，魚鬚翠碧滿床頭。莫道謝公方在郡，五言今日爲君留。」蓋以五言得名久矣。其後東渡秣陵，卒年八十餘，南安人號其山曰高士峯。

寂寂池亭裏，軒窗間綠苔。游魚牽荇沒，戲鳥踏花摧。小徑僧尋去，高峯鹿下來。中年曾屢辟，多病復遲迴。　秦系春日閒居

顧況

顧況字逋翁，姑蘇人，至德（肅宗）進士，與柳渾李泌爲方外交，德宗時渾輔政，以秘書郎召，及李泌爲相，自謂當得大官，久之遷著作郎，旋貶饒州司戶。居茅山，以壽終。皇甫湜序其集云：『偏于逸歌長句，駿發踔厲，往往若穿天心，出月脇，意外驚人語，非常人所能爲，甚快意也。』有華陽集。

城邊路，今人犂田昔人墓。岸上沙，昔時流水今人家。今人昔人共長歎，四氣相催節迴換。明月皎皎入華池，白雲離離渡霄漢。　顧況謠歌五之一

僧皎然

僧皎然名晝，姓謝氏，居杼山，嘗以詩干韋應物，爲韋所知。貞元中，敕寫其文入秘閣，律詩極工，多清趣，有皎然集。

移家雖帶郭，野徑入桑麻。近種籬邊菊，秋來未著花。扣門無犬吠，欲去問西家。報道山中去，歸來每日斜。皎然尋陸鴻漸不遇

嚴維

嚴維字正文，越州人，與劉長卿善，以詩酒相酬唱，有「柳塘春水漫，花塢夕陽遲。」之句，為時所稱。

蘇耽佐郡時，進出白雲司。藥補清羸疾，窗吟絕妙詞。柳塘春水漫，花塢夕陽遲。欲識懷君意，朝朝訪檝師。嚴維酬劉員外見寄

劉方平

劉方平有春怨詩。

紗窗日落漸黃昏，金屋無人見淚痕。寂寞空庭春又晚，梨花滿地不開門。劉方平春怨

張繼

張繼有楓橋夜泊詩。

月落烏啼霜滿天，江楓漁火對愁眠。姑蘇城外寒山寺，夜半鐘聲到客船。張繼楓橋夜泊

開元天寶以還，作者諸公之掇拾佳妙，似較盛唐為勝，五言猶其能事，韋應物、劉長卿、李嘉祐、皇甫冉，均其著者，所不逮者，氣魄與意味耳。大曆十才子出，詩風始為之一變。

第八章　中唐詩風一變與元和長慶間詩人之體別（中）

大歷十才子——十才子同時之作者——王建宮詞之獨步——權載之與烟波釣叟

大歷十才子

大歷十才子，所傳不一。唐書文藝傳，盧綸與吉中孚韓翃錢起司空曙苗發崔峒耿湋夏侯審李端，皆能詩齊名，號大歷十才子。宋江鄰幾所志，則有盧綸錢起郎士元司空曙李益李端李嘉祐皇甫曾耿湋苗發吉中孚十一人。嚴滄浪詩話冷朝陽亦列十才子中。當以唐文藝傳所載爲近是。十才子中，錢起盧綸韓翃司空曙李端，享名最盛，吉中孚以下，似稍次之。此外如王建之宮詞，後世稱爲絕唱，李益之樂府，教坊則取以爲聲歌，馥郁芬芳，皆一時之奇秀也。

錢起

錢起字仲文，長興人，天寶中進士，與郎士元齊名。傳嘗赴省試，聞空中歌「曲中人不見，江上數峯青。」及賦湘靈鼓瑟，末句用此二語足之，主司歎以爲若有神助。凡公卿出牧奉使，起與士元無詩祖行，衆以爲恥，官至考功郎中。起詩在大歷十才子中，最爲傑出，尤長五言。高仲武稱其詩：『格調清奇，理致清澹。迥然獨立，莫之與京。』有錢考功集。

夜來詩酒興，月滿謝公樓。影閉重門靜，寒生獨樹秋。鵲驚隨葉散，螢遠入煙流。今夕遙天末，清光幾處愁。（錢起秋夜對月）

郎士元

郎士元字君胄，中山人，天寶進士，寶應（肅宗）中，選畿縣官，詔試中書，補渭南尉，累官至郢州刺史。高仲武稱其詩：「詞體與錢起大略相同，郎更閒雅。」亦長五言，時人與錢起並稱錢郎。

暮蟬不可聽，落葉豈堪聞。共是悲秋客，那知此路分。荒城背流水，遠雁入寒雲。陶令門前菊，餘花可贈君。（郎士元送錢大）

盧綸

盧綸字允言，河中人，大曆初，數舉進士不第，元載取其文以進，累遷監察御史。德宗時，為戶部郎中，舅韋渠牟表其才，召見禁中，帝有所作，輒為賡和。一日，帝問渠牟，盧綸李益何在，答以綸從渾瑊在河中驛，召之會卒。綸詩五言極工，七言亦勝似諸子。文帝尤愛其詩，問宰相「盧綸文章幾何，亦有子否。」李德裕對曰，「四子皆擢進士在臺閣。」帝遣中人，悉索家笥，得詩五百篇。

故關衰草遍，離別自堪悲。路出寒雲外，人歸暮雪時。少孤爲客早，多難識君遲。掩淚空相向，風塵何處期。盧綸送李端

李益

李益字君虞，姑臧人，大歷進士，長於樂府歌詩，每一篇成，樂工爭以賂求之，被聲歌供奉天子。受降城聞笛，教坊取以爲聲歌。王世貞曰：『絕句李益爲勝。』有李君虞集。

露濕晴花春殿香，月明歌吹在朝陽。似將海水添宮漏，共滴長門一夜長。李益宮怨

回樂峰前沙似雪，受降城外月如霜。不知何處吹蘆管，一夜征人盡望鄉。李益受降城聞笛

韓翃

韓翃字君平，南陽人，初爲侯希夷從事，罷府閒居十年，以寒食詩爲德宗所知，除駕部郎中知制誥。高仲武云：『韓員外放意經史，興致繁富，一篇一韻，朝野珍之。』五言及七絕均佳。

春城無處不飛花，寒食東風御柳斜。日暮漢宮傳蠟燭，輕煙散入五侯家。韓翃寒食詩

李端

李端字正已，趙州人，大歷進士，官至杭州司馬，善五七言。蜀路有飛泉亭，中詩板百餘，後薛能佐李福于蜀道，過此題云：「賈掾曾空去，題詩豈易哉。

」悉去諸板，惟留端巫山高一篇而已。

巫山十二峰，皆在碧虛中。回合雲藏日，霏微雨帶風。猿啼寒過水，樹色暮連空。愁向高唐望，清秋見楚宮。「李端巫山高」

司空曙

司空曙字文初，廣平人，從韋皐於劍南，終虞部郎中。長五言，淡而有味。江村即事詩，爲時所稱。

釣罷歸來不繫船，江邨月落正堪眠。縱然一夜風吹去，只在蘆花淺水邊。「司空曙江村即事」

崔峒

崔峒，大歷進士，官至右補闕。高仲武稱其詩，「文彩煥發，意思雅淡，披沙揀金，時時見寶。」五七言均有佳者。

訟堂寂寂對煙霞，五柳門前集晚鴉。流水聲中視公事，寒山影裡見人家。觀風共美新爲政，計日還應更觸耶。可惜陶潛無限興，不逢籬菊正開花。「崔峒寄李明府」

耿湋

耿湋，寶應元年進士，爲左拾遺，工五言，有「家貧僮僕慢，官罷友朋疏，」之句，爲世所稱。

終歲山川路，生涯總幾何。艱難爲客慣，貧賤受恩多。暮角寒山色，秋風遠水波。無人見

惆悵，垂鞚入煙蘿。（耿湋邠州留別）

王建，工樂府歌行，思遠格幽，所爲宮詞，妙絕一世。建初爲渭南尉，與宦者王守澄有宗人之分，因過飲以相譏戲，守澄深憾曰，「吾弟所作宮詞，禁夜深邃，何以知之。」將奏劾，建因以詩解之曰，「先朝行坐鎭相隨，今日春宮見長時。脫下御衣偏得著，進來龍馬每教騎。嘗承密旨還家少，獨奏邊情出殿遲。不是當家頻向說，九重爭遣外人知。」事遂寢。宮詞凡百絕，天下傳播。明朱承爵存餘堂詩話云：『王建宮詞一百首，蜀本所刻者得九十二首，遺其八，近世所傳，百首皆備，蓋好事者妄以他人詩補之。中有「新鷹初放兎初肥，白日君王在內稀。薄暮千門臨欲鎖，紅粧飛騎向前歸，」「黃金捍撥紫檀槽，絃索初張調更高。理盡昨來新上曲，內官簾外送櫻桃。」此張籍宮詞二首也。「淚盡羅巾夢不成，夜深前殿按歌聲。紅顏未老恩先斷，斜倚薰籠坐到明。」此白樂天後宮詞也。閒吹玉殿昭華管，醉折梨園縹蔕花。十年一夢歸人世，絳縷猶封繫臂紗。」此杜牧之出宮詞也。「銀燭秋光冷畫屏，輕羅小扇撲流螢。天街夜色涼如水，坐看牽牛織女星。」此杜牧七夕詩也。「奉帚平明金殿開，且將團扇共徘徊。玉顏不及寒鴉色，猶帶昭陽日影來。」此王昌齡長信秋詞也。「日晚長秋簾外報，望陵鼓舞在明朝。添爐欲爇薰衣麝，憶得分時不忍燒。」「日映西陵松柏枝，下臺相顧一相悲。朝來樂府歌新曲，唱著君王自作詞。」此劉夢得魏宮詞也。近讀趙與旹賓退錄其所述建遺詩七首，則是「忽地金輿向日陂，內人接著便相隨。却回龍武軍前過，當殿發開鵝鴨池。」「畫作天河刻作牛，玉梭金鑷采橋頭。每年宮女穿針夜，敕賜新恩乞巧樓。」「春來晚困不梳頭，懶逐君王苑北遊。暫向玉階花下坐，簇錢贏得兩三籌。」「彈碁玉指兩參差，背局臨虛鬥著危。先打角頭紅子落，上三金字半邊垂。」「宛轉黃金白柄長，青荷葉子畫兜尖。把來不是呈新樣，欲進微風到御床。」「供御香方加減頻，水沉山麝每回新。內中不許相傳處，已被醫家寫與人。」「藥童食後進雲漿，高殿無風扇小涼。每到日中重掠鬢，衩衣騎馬繞宮廊。」又云，得之於洪文敏所錄唐人絕句中，文敏所得，又不知何所自也。觀其詞氣，要與九十二首爲類，惜尚缺其一。』歐陽永叔歸田錄稱其詞多言唐宮中事，羣書闕絕者，故不惜徵引。有王司馬集。

魚藻宮中鎖翠娥，先皇行處不曾過。如今池底休鋪錦，菱角雞頭積漸多。

避暑昭陽不擲盧，井邊含水噴鵶雛。內中數日無呼喚，搨得滕王蛺蝶圖。王建宮詞之二

有權文公集。

權德輿

權德輿字載之，天水人，德宗朝知制誥，在西掖八年，風流蘊藉。後結廬江南，蓬蒿晏如，每遇一勝景，得一佳句，怡然獨笑，如獲珍寶，其小詩似盛唐。

昨夜裙帶解，今朝蟢子飛。鉛華不可棄，莫是藁砧歸。

獨自披衣坐，更深月露寒。隔簾腸欲斷，不敢下堦看。權德輿玉臺體二首

于良史

于良史，善五言。高仲武稱其詩：『清雅，工於形似，吟之未終，皎然在目。』有「掬水月在手，弄花香滿衣」之句，爲時所稱。

春來多勝事，賞玩夜忘歸。掬水月在手，弄花香滿衣。興來無遠近，欲去惜芳菲。南望鐘鳴處，樓臺深翠微。于良史春山夜月

戴叔倫

張志和

戴叔倫字幼公，潤州人，師事蕭穎士，爲門人冠。德宗朝，累遷至容管經略。嘗刺撫州，作均水法，一郡便之，有詩名。

旅館誰相問，寒燈獨可親。一年將盡夜，萬里未歸人。寥落悲前事，支離笑此身。愁顏與衰鬢，明日又逢春。　戴叔倫除夜宿石頭驛

張志和字子同，婺州人，父亡不仕，居江湖，自稱烟波釣叟。有漁父歌數首，清逸絕倫，爲時所稱。

西塞山前白鷺飛，桃花流水鱖魚肥。青箬笠，綠簑衣，斜風細雨不須歸。

雪溪灣裡釣魚翁，舴艋爲家西復東。江上雪，浦邊風，笑著荷衣不歎窮。　張志和漁歌之二

大歷諸子之詩，皆以清淡閑遠爲勝，與劉長卿李嘉祐等之以婉麗見長者，又自不同，此別一詩境也，惟王建之宮詞，在當時爲獨步。

第九章　中唐詩風一變與元和長慶間詩人之體別（下）

元和長慶間詩人之體別——韓柳——韓門諸子——李長吉歌詩之韵美——元白——劉禹錫——張司業晚傳格律——姚賈——姚賈一派獨開晚唐

元和長慶間詩人之體別

元和長慶間，詩體有兩大派，韓柳與元白是也。韓詩崛傲奇險，在李杜之外，自成一家。柳詩孤淸簡峭，與韓齊名，而獨標宗派。兩公文章學業，振撼一世，故詩名亦極盛，後人尊韓，並及其詩，多稱韓杜。當時與韓遊而以詩名者，有孟郊賈島盧仝李賀張籍姚合之倫，孟郊賈島語多苦澀，盧仝李賀則肆尚奇艷，張籍姚合於諸家之外，別樹一幟，至其律格，又晚唐之宗也。柳公半世讁謫，抑鬱遐荒，故門下，寂無聞焉。元白創體元和，務爲淺易，故多以白話入詩，尚自然，任性情，一洗韓派奇險驚僻苦澀孤冷之習，蓋韓派一大反動也。與元白遊者，有劉禹錫，詩名亦相埒。白詩在當時，極爲人所樂讀，民間每得一詩，爭相傳詠，故流傳亦極廣，韓與白雖並稱，以此相較，則韓瞠乎其後矣。

韓愈

韓愈字退之，鄧州南陽人，擢進士第，德宗時遷監察御史。憲宗時（元和）以諫迎佛骨貶潮州。穆宗時王庭湊作亂，詔愈宣慰其軍，六軍不敢犯法，第官至吏部侍郎。愈文章標炳，一世師法，詩以豪健奇僻勝，長篇尤其能事，惟深婉不足，爲詩人之短，至其氣勢奔放，才思縱橫，則未有能及之者。有韓文公集。

山石犖确行徑微，黃昏到寺蝙蝠飛。升堂坐階新雨足，芭蕉葉大枝子肥。僧言古壁佛畫好，以火來照所見稀。鋪床拂席置羹飯，疏糲亦足飽我飢。夜深靜臥百蟲絕，淸月出嶺光入扉。天明獨去無道路，出入高下窮煙霏。山紅澗碧紛爛熳，時見松櫪皆十圍。當流赤足踏澗石，水聲激激風生衣。人生如此自可樂，豈必局促爲人鞿。嗟哉吾黨二三子，安得至老不更歸。（韓愈山石）

柳宗元

柳宗元字子厚，河東人，第進士博學宏詞科，貞元（德宗）十九年爲監察御史，王叔文用事，奇待之，叔文敗，宗元貶永州，涉履蠻瘴，縱情山水，堙厄感鬱，一寓諸文。在永十一年，元和（憲宗）十年，召回，有詩云，「十一年前南渡客，四千里外北歸人，」既至都，又貶柳州，又爲詩云，「十年顦顇到秦京，誰料翻爲嶺外行。」既沒，柳人懷之，託言降於州之堂，人有慢者，輒死，廟於羅池，韓愈因碑以實之。子厚文章，簡淡幽峭，與韓愈並馳一代，詩名亦相埓，宋人或以爲工於退之，小詩幻眇淸妍，實勝於韓，長句大篇，則有所不逮。有柳柳州集。

漁翁夜傍西巖宿，曉汲淸湘燃楚竹。烟消日出不見人，款乃一聲山水綠。回看天際下中流，巖上無心雲相逐。 柳宗元漁翁

孟郊

孟郊字東野，湖州人，與韓愈爲忘形交，屢試不第，窮餓不得安養，周天下無所遇，因爲詩曰，「食薺腸亦苦，強歌聲無歡。出門即有碍，誰謂天地寬。」年五十，始舉進士，調溧陽尉。縣有投金瀨，郊間往坐水旁，徘徊賦詩，而曹務多廢，令白府以假尉代之，分其半俸，及卒，張籍諡之曰貞曜先生。郊一生窮厄，故詩語寒苦。李翺薦郊於張建封，李觀薦郊於梁肅，均極稱其五言。韓愈贈郊詩曰，「作詩三百首，杳然咸池音。」至蘇東坡論郊詩曰，「初如食小魚，所得不償勞。又如食蟚蟹，竟日嚼空螯。」嚴滄浪曰：『孟郊之詩，憔悴

枯槁，其氣局促不伸，退之許之如此，何耶。詩道本甚大，孟郊自爲之艱澀耳。』好惡之不同，有如是者。有孟東野詩集。

長安無緩步，況値天景暮。相逢灞滻間，親戚不相顧。自歎方拙身，忽隨輕薄倫。常恐失所避，化爲車轍塵。此中生白髮，疾走亦未歇。孟郊灞上輕薄行

賈島

賈島，字浪仙，范陽人，初爲浮圖，名無本，旋爲韓愈所知，乃去浮圖，舉進士，文宗時，授長江主簿。島詩變格入僻，故好爲苦吟，有「二句三年得，一吟雙淚流。」之語，五言時見警句。韓愈詩曰，「孟郊死葬北邙山，日月星辰頓覺閒。天恐文章中斷絕，再生賈島在人間。」有賈長江集。

數里聞寒水，山家少四隣。怪禽啼曠野，落日恐行人。初月未終夕，邊烽不過秦。蕭條桑柘外，煙火漸相親。賈島暮過山村

盧仝

盧仝，號玉川子，居東都，韓愈爲河南令，厚禮之，嘗爲月蝕詩譏元和逆黨。其詩怪僻，有謝孟諫議惠茶歌長篇，爲時所稱。有所思樓上女兒曲諸詩，飄逸絕倫，但與月蝕等詩不相類，雪浪齋日記疑非仝作，未可考也。有玉川子詩

集。

當時我醉美人家，美人顏色嬌如花。今日美人棄我去，青樓珠箔天之涯。天涯娟娟嫦娥月，三五二八圓又缺。翠眉蟬鬢生別離，一望不見心斷絕。心斷絕，幾千里，夢中醉臥巫山雲，覺來淚滴湘江水。湘江兩岸花木深，美人不見愁人心。含愁更奏綠綺琴，調高絃絕無知音。美人兮美人，不知爲暮雨兮爲朝雲。相思一夜梅花發，忽到窗前疑是君。（盧仝有所思）

李賀

李賀字長吉，系出鄭王後，七歲能文詞，韓愈皇甫湜過其家，使賦詩，賀爲賦高軒過，如素搆，自是有名。每日旦出，騎弱馬，小奚奴背古錦囊從後，得句輒投其中，暮歸，母使婢探囊，見所書多，輒怒曰，「是兒要嘔出心肝乃已。」憲宗時，爲協律郎，卒年方二十七。賀詩奇詭幽艷，自成一家，後人未有能效之者，樂府數十篇，雲韶諸工，皆合絃管，前無古人，後無來者，天地間之奇才也。有李長吉歌詩。

琉璃鍾，琥珀濃。小槽酒，珍珠紅。烹龍炮鳳玉脂泣，羅屏繡幕圍香風。吹龍笛，擊鼉鼓。皓齒歌，細腰舞。況是青春日將暮，桃花亂落如紅雨。勸君終日醉酩酊，酒不到劉伶墳

上士。 李賀將進酒

秋野明，秋風白，塘水漻漻蟲嘖嘖。雲根苔蘚山上石，冷紅泣露嬌啼色。荒畦九月稻叉牙，蟄螢低飛隴徑斜。石脈水流泉滴沙，鬼燈如漆點松花。 李賀南山田中行

元稹

元稹字微之，河南人，元和初，對策舉制科第一，穆宗在東宮，妃嬪皆誦其詩，呼元才子。長慶初，擢祠部郎中知制誥，宰相令狐楚奇其文，曰：「今代之鮑謝也。」累官至武昌軍節度使。元詩名與白居易相埒，時稱元白，其詩天下傳諷，號元和體。惟以其體淺易近人，博得俗好，謬於詩者，多詆之爲輕俗，亦詩人之陋習也。元獻詩令狐楚自叙其文云：「稹自御史府謫官，於今十餘年矣，閑誕無事，遂專力於詩章，日益月滋，有詩千餘首，其間感物寓意，可備矇瞽之風者有之，辭直氣粗，罪尤是懼，固不敢陳露於人。唯杯酒光景間，屢爲小碎篇章，以自吟暢，然以爲律卑痺，格力不揚，苟無姿態，則陷流俗，常欲得思深語近，韻律調新，屬對無差，風情宛然，而病未能也。江湖間，多新進小生，不知天下文有宗主，妄相倣效，而又從而失之，遂至於支離褊淺之辭，

，皆目爲元和詩體……而司文者考變推之由，往往歸咎於稹……」則稹在當時固亦自辯之矣。連昌宮辭最爲當時所豔稱。又與竇鞏唱和，稱蘭亭絕唱。有元氏長慶集。

謝公最小偏憐女，自嫁黔婁百事乖。顧我無衣搜藎篋，泥他沽酒拔金釵。野蔬充膳甘長藿，落葉添薪仰古槐。今日俸錢過十萬，與君營奠復營齋。元稹遣悲懷三之一

白居易

白居易，字樂天，其先太原人，貞元進士，元和初，爲翰林學士，遣左拾遺，旋貶江州司馬，會昌（武宗）初，以刑部尚書致仕，卒年七十五。白少以詩謁顧況，爲況所知。元稹守淛西，白牧綵臺，置驛遞詩相酬唱，多至千篇。晚與劉禹錫齊名，稱劉白。嘗於香山鑿八節灘，自號香山居士，又稱醉吟先生。其詩淺易自然，風靡當世，新樂府數十篇，多規諷時事，上陽人新豐折臂翁其著者也。長恨歌琵琶行最爲後人所艷稱，小詩有逸致。有白香山詩集。

眞娘墓，虎邱道，不識眞娘鏡中面，惟見眞娘墓頭草。霜摧桃李風折蓮，眞娘死時猶少年。脂膚荑手不牢固，世間尤物難流連。難流連，易銷歇。塞北花，江南雪。白居易眞娘墓

菱葉縈波荷颭風，荷花深處小船通。逢郎欲語低頭笑，碧玉搔頭落水中。（白居易采蓮曲）

劉禹錫

劉禹錫字夢得，中山人，貞元進士，累官至太子賓客。王叔文之敗，宗元貶柳州，禹錫貶播州，宗元曰，「播非人所居，而夢得親在堂，萬無母子俱往理，請於朝，以柳易播。中丞裴度，亦以禹錫母老爲上言，得改連州，未至，斥朗州司馬。州接夜郎諸夷，俗喜巫鬼，爲作竹枝辭十餘篇以祀神，詞意高妙，武陵夷俚悉歌之。屢經遷謫，會昌朝，檢校禮部尙書卒。禹錫長五七言，語多深婉，白樂天稱之爲詩豪，金陵五題西塞懷古諸詩，爲世所稱。有劉賓客集。

王濬樓船下益州，金陵王氣黯然收。千尋鐵鎖沉江底，一片降幡出石頭。人事幾回傷往事，山形依舊枕寒流。今逢四海爲家日，故壘蕭蕭蘆荻秋。（劉禹錫西塞山懷古）

煬帝行宮汴水濱，數株楊柳不勝春。晚來風起花如雪，飛入宮牆不見人。（劉禹錫楊柳枝詞）

張籍

張籍字文昌，和州烏江人，第進士，韓愈薦爲國子博士，歷水部員外郎，官至國子司業。藉長樂府，婧麗深婉，自成一家，五言亦平淡可喜。歲寒堂詩話云：『張司業詩，與元白一律，專以道得人心中事爲工。』晚傳律格詩，及門者甚衆，朱慶餘親受其旨，遂開晚唐之風。有張司業集。

君知妾有夫，贈妾雙明珠。感君纏綿意，繫在紅羅襦。妾家高樓連苑起，良人執戟明光裏。知君用心如日月，事夫誓擬同生死。還君明珠雙淚垂，恨不相逢未嫁時。（張籍節婦吟）

姚合

姚合，陝州人，元和進士，初授武功主簿，開成（文宗）末，終秘書監。與馬戴費冠卿殷堯藩張籍遊，李頻師之，時稱姚武功。爲詩刻意苦吟，冥搜物象，與賈島相近。時流競尚，遂啓晚唐之風。所選極玄集錄王維至戴叔倫等二十一人詩百首，自以爲精審。有姚少監詩集。

偶尋靈跡去，幽徑入氛氳。轉壑驚飛鳥，穿山踏亂雲。水從巖下落，溪向寺前分。釋子遊何處，空堂日漸曛。（姚合過靈泉寺）

朱慶餘

朱慶餘以詩受知於張籍，遂擢登上第。

洞房昨夜停紅燭，待曉堂前拜舅姑。粧罷低聲問夫婿，畫眉深淺入時無。（朱慶餘閨意）

李頻

李頻以詩受知於姚合，官至建州刺史。

中流欲暮見湘煙，葦岸無窮接楚天。去雁遠衝雲夢雪，離人獨上洞庭船。風波盡日依山轉

，星漢通宵向水連。零落梅花過殘臘，故園歸去又新年。（李頻湖口送友人）

姚賈一派獨開晚唐

元和長慶間，諸大詩家，均成絕響，張籍賈島姚合之倫，獨開晚唐。晚唐之詩，固自有其特異之色彩，及其斂也，寫景於瑣屑，寄情於偏僻，姚賈之倫，實啓其端矣。

晚唐詩之聲美

第十章　晚唐詩人之別致與詩學衍變後統派之分傳（上）

晚唐詩之聲美——杜牧——許渾——馬戴——李羣玉張祜與同時之作者——趙

倚樓

晚唐諸家之詩，在唐詩中，別具一格，與初唐之四傑，中唐之劉李，有同一不可思議之聲美，如巖花澗草，趣味無窮，至其氣勢之降落，體格之卑促，固莫能諱也。當時詩人如杜牧許渾馬戴李羣玉輩，均能振拔一時，以氣格相標尙，而杜詩尤稱豪放。與杜遊者，有張祜趙嘏，二人雖爲杜所稱許，而豪邁贍美，皆不及也。溫李齊名，別爲一體，溫詩多粉漬香痕，李詩喜隱諷時事，綿密藻麗，爲時所喜。而皮日休陸龜蒙韓偓唐彥謙之流，又爲其羽翼，近靡當世，下啟西崑，爲晚唐詩家之健者。司空圖項斯學張籍，方干周賀效姚合，李洞喩鳧效賈島，崇尙格律，抗顏溫李，爲宋江西詩派之遠祖。陸龜蒙以尊法商隱，故力詆之，不足怪也。此外若三羅杜荀鶴曹唐胡曾……輩，均有所獨擅，杜且與格律派立異，世號晚唐格。顧雲序杜唐風集，以之擬李白杜甫，抑又過矣。

杜牧

杜牧字牧之，京兆萬年人，太和（文宗）進士，官至中書舍人。其詩豪邁，自成一格，七絕尤佳妙，時稱小杜。牧爲御史，嘗分務洛陽，李司徒愿，罷鎭閒居，聲伎豪侈，一日高會朝客，牧獨坐南行，問曰，「聞有紫雲者，孰是。」李指之。杜凝睇良久曰，「名不虛得，宜以見惠。」李俯而笑，妓亦回首破顏。牧自飮三爵，朗吟曰，「華堂今日綺筵開，誰喚分司御史來。忽發狂言驚四座，兩行紅粉一時回。」其人之豪邁，有如是者，卒年五十。有杜樊川集。

煙籠寒月水籠沙，夜泊秦淮近酒家。商女不知亡國恨，隔江猶唱後庭花。　杜牧泊秦淮

娉娉嫋嫋十三餘，豆蔻梢頭二月初。春風十里揚州路，卷上珠簾總不如。　杜牧贈別

許渾

許渾字用晦，丹陽人，太和六年進士，大中（宣宗）間，任監察御史，以疾乞東歸，終郢睦二州刺史。渾詩在晚唐爲一大家，長五七言，而工於儷句，有丁卯集。

一上高城萬里秋，蒹葭楊柳似汀洲。溪雲初起日沉閣，山雨欲來風滿樓。鳥下綠蕪秦苑夕，蟬鳴黃葉漢宮秋。行人莫問當年事，渭水寒聲晝夜流。　許渾咸陽城東樓

馬戴

馬戴字虞臣，會昌進士，與姚合相友善，常以詩相贈答。咸通（懿宗）末，佐大同軍幕，又得許棠爲友，棠與喻坦之張喬鄭谷張蠙等稱十哲，亦以詩名。戴長五言，嚴滄浪稱爲晚唐諸家之冠。其清麗，劉（長卿）李（嘉祐）之亞也。

露氣寒光集，微陽下楚邱。猿啼洞庭樹，人在木蘭舟。廣澤生明月，蒼山夾亂流。雲中君不見，竟夕自悲秋。 馬戴楚江懷古

李群玉

李羣玉字文山，澧州人，有詩名，裴休觀察湖南，厚延致之，大中（宣宗）間，裴爲相，薦之云：「群玉放懷丘壑，吟咏性情，叱妍詞於麗則，動清律於風騷，冥鴻不歸，羽翰自逸，霧豹遠跡，文采愈奇。」授校書郎。有李文山詩集。

小孤洲北浦雲邊，二女明粧共儼然。野廟向江春寂寂，古碑無字草芊芊。迴風日暮吹芳芷，月落山深哭杜鵑。猶似含嚬望巡狩，九疑凝黛隔湘川。 李羣玉題二妃廟

張祜

張祜字承吉，清河人，寓蘇州，以詩名。白居易爲杭州刺史，江東進士，多奔

趙嘏

杭取解，時以素望取士，祜自意必首薦，既而徐凝冠多士，祜遂偃蹇。長慶中，令狐楚鎭天平，表祜新舊詩三百篇以獻，祜至京師，又爲元稹所抑，寂寞東歸，自號釣鰲客。杜牧守池與祜爲詩酒友，有「誰人得似張公子，千首詩輕萬戶侯」之句。後知南海，但載羅浮石歸。大中間，卒於丹陽。祜長宮詞，河滿子詞，爲時所稱。

故國三千里，深宮二十年。一聲何滿子，雙淚落君前。
自倚能歌曲，先皇掌上憐。新聲何處唱，腸斷李延年。（張祜宮詞二首）

趙嘏字承祐，山陽人，會昌（武宗）進士，大中間，仕至渭南尉卒。嘏詩能美而有味，杜牧極稱之，有「長笛一聲人倚樓」之句，人號趙倚樓。

雲霧淒涼拂曙流，漢家宮闕動高秋。殘星幾點雁橫塞，長笛一聲人倚樓。紫艷半開籬菊靜，紅衣落盡渚蓮愁。鱸魚正美不歸去，空戴南冠學楚囚。（趙嘏長安秋望）

在晚唐諸家中，杜牧與李商隱自是傑出，杜之豪邁，則未有能及之者，唐末李山甫輩慕而效之，但失於粗耳。

第十一章　晚唐詩人之別致與詩學衍變後統派之分傳（中）

温李——典麗一派爲宋西崑派之宗——温詩結有唐之詩局啟五代之新聲——皮陸——

——唐彥謙以次之作者——韓偓與香奩集

典麗一派爲宋西崑派之宗

温李齊名，温兼擅小詞，爲有唐一代詞人之宗，其詩亦側艷。李詩典麗，規摹老杜，而使事失之隱晦，遂自成一家。皮日休陸龜蒙韓偓唐彥謙輩，且追踪其後而師法之，其體乃愈大。迨有宋之初，楊億劉筠諸人，又祖之以倡西崑，於是後世之詆毀西崑者，乃因楊劉等而並及於李，不亦誣耶。

温庭筠

温詩結有唐之詩局啟五代之新聲

温庭筠字飛卿，太原人，數舉進士不第，宣宗愛唱菩薩蠻詞，丞相令狐綯假其修撰，密進之，戒令勿泄，而遽言於人，由是疎之，大中末，出爲方城尉。飛卿有才無行，其詩綺艷曲媚，已漸演變而爲詞，歌曲尤近似，五七律時有勝語。蓋結有唐之詩局，而啟五代之新聲者也。有温飛卿詩集金荃詞。

家臨長信往來道，乳燕雙雙拂煙草。油壁車輕金犢肥，流蘇帳曉春雞早。籠中嬌鳥暖猶睡，簾外落花閒不掃。衰桃一樹近前池，似惜紅顏鏡中老。（温庭筠春曉曲）

荒戍落黃葉，浩然離故關。高風漢陽渡，初日郢門山。江上幾人在，天涯孤棹邊。何當重相見，樽酒慰離顏。溫庭筠送人東遊

李商隱

李商隱字義山，懷州河內人，開成（文宗）進士，釋褐秘書省校書郎，累官至東川節度判官檢校工部郎中，號玉谿生。商隱詩尚故實，務詞華，故有時失之隱僻，冷齋夜話且詆為詩之一厄，至其典麗深婉，高情厚意，莫能及也。善七言律絕，所為無題詩，無不佳妙，與溫庭筠時稱溫李，與杜牧又稱李杜。有李義山詩集。

紫泉宮殿鎖煙霞，欲取蕪城作帝家。玉璽不緣歸日角，錦帆應是到天涯。於今腐草無螢火，終古垂楊有暮鴉。地下若逢陳後主，豈宜重問後庭花。李商隱隋宮

珠箔輕明拂玉墀，披香殿裏鬥腰支。不消看盡魚龍戲，終遣君王怒偃師。李商隱宮妓

皮日休

皮日休字襲美，襄陽人，咸通（懿宗）中，射策不中退歸，崔僕守蘇，辟為判官。日休詩體奧麗，宗法義山，工詠物，與陸龜蒙為友，有松陵唱和集。

連錢錦暗麝氛氳，荊思多才詠鄂君，孔雀鈿寒窺沼見，石榴紅重墮階聞。牢愁有度應如月

，春夢無心祇似雲。應笑病來慚滿願，花牋好作斷腸文。（皮日休病後春思）

陸龜蒙

陸龜蒙字魯望，吳郡人，與皮日休羅隱吳融為友，詩宗義山，極詆元和以後律格之非。皮日休松陵集序曰：『有進士陸龜蒙者，其才之變，眞天地之氣也，近代稱溫飛卿李義山為之最，以陸生參之，烏知其孰為先後也。』與皮稱皮陸，有松陵集。

幾年無事傍江湖，醉倒黃公舊酒壚。覺後不知新月上，滿身花影倩人扶。（陸龜蒙春日酒醒）

且將絲綍繫蘭舟，醉下烟汀減去愁。江上有樓君莫望，落花隨浪正東流。（陸龜蒙有別）

唐彥謙

唐彥謙字茂業，幷州人，少師溫庭筠，故文格似之。其為詩極慕義山，用事精巧，對偶親切，尤長七言，楊大年劉子儀輩，極稱愛之。楊大年曰，『鹿門先生唐彥謙，為詩慕玉谿，得其淸峭感愴，蓋其體也。』陳后山曰，『唐人不學杜詩，惟唐彥謙一人，義山詩，實是學杜，彥謙既師溫李，則有時似杜，無足怪也，展轉相效，以至楊劉。』是唐與楊劉尤相近。

露白風淸夜向晨，小星垂佩月埋輪。絳河浪淺休相隔，滄海波深尙作塵。天外鳳凰何寂寞

，北闕烏鵲漫辛勤。倚欄殿北斜樓上，多少通宵不寐人。唐彥謙七夕

薛能

薛能字大拙，汾州人，會昌進士，咸通中，屢官至節度徐州，廣明（僖宗）元年，全家遇害。能以詩道自任，詆格律爲千篇一律，陸之比也，工七言。有薛許昌集，

庭鎖荒蕪獨夜吟，西風吹動故人心。三秋木落半年客，滿地月明何處砧。漁唱亂沿汀鷺合，雁聲寒咽隴雲深。平生只有松堪對，露浥霜欺不受侵。薛能秋夜旅舍寓懷

韓偓

韓偓字致光，昭宗時，以翰林承旨謫嶺南，依王審知卒。其詩善陳時事，詞意精深，有香奩集，綺麗似義山，蓋偓少時固與義山遊也。沈存中云：『香奩集和魯公凝之詞也，惟其艷麗，故貰後將其名于韓偓。凝平生著述分演綸游藝孝弟疑獄香奩籯金六集，自爲游藝集序云，「予有香奩籯金集，不行於世。」凝在政府避議論，諱其名，又欲見知後人，故於游藝集序實之，此凝之意也。』葛立方韻語陽秋云：『沈存中筆談以香奩集爲和凝作，而嫁名於韓偓，今觀香奩集有無題詩序云，「余辛酉年戲作無題詩十四韻，故奉常王公內翰吳融舍人

令狐渙，相次屬和，是歲十月末，一日兵起，隨駕西狩，文稿咸棄，丙寅歲在福建，有蘇暐以稾見授，得無題詩，因追味舊時，闕忘甚多。」予按唐書韓偓傳，偓嘗與崔嗣定策，誅劉季述，昭宗反正爲功臣，與令狐渙同爲中書舍人。其後韓全誨等，刼帝西幸，偓夜追帝及鄠，見帝慟哭，至鳳翔，遷兵部侍郎。天祐二年，挈其族依王審知而卒。以紀運圖考之，辛酉乃昭宗天復元年，丙寅乃哀帝天祐二年，其序所謂丙寅歲在福建，有蘇暐授其稿，正依王審知之時也，傳與序無一不合，此集爲韓偓所作無疑。筆談云，「偓又有詩百篇，在其四世孫奕處見之。」豈非所謂舊詩之闕忘者乎。』又有韓內翰別集。

碧闌杆外繡簾垂，猩色屏風畫折枝。八尺龍鬚方錦褥，已涼天氣未寒時。（韓偓已涼）

萬里清江萬里天，一村桑柘一村煙。漁翁醉著無人喚，過午醒來雪滿船。（韓偓醉著）

吳融

吳融字子華，越州人，昭宗時，爲翰林學士，與韓偓爲友，其詩亦相類，偓之亞也。有唐英歌詩。

漁陽烽火照函關，玉輦匆匆下此山。一曲霓裳聽不盡，至今猶恨水潺潺。（吳融過函關詩）

詩衍爲詞，庭筠首當其衝，而其才亦足以任之。皮陸唐薛之流，尊法義山，詆毀律格，門戶之見已深，支分派衍，以此知詩勢之垂盡也。

第十二章　晚唐詩人之別致與詩學衍變後統派之分傳（下）

格律派之抗衡——格律一派爲宋江西派之宗——司空圖方干以次之作者——唐風集詩——三羅——詩至晚唐其勢已盡此後承襲詩統者乃詞而非詩——唐以後之詩均屬前人之旁枝別派

格律一派爲宋江西派之宗

元和以後，姚張倡爲律格，時流宗之，司空圖學張籍，方干學姚合，李洞學賈島，均其著者，而司空圖與方干，又宋江西詩派之所宗也。江西派宗法黃庭堅，庭堅爲蘇門六君子之一，二人論詩，原自相近，故世號蘇黃。東坡極稱司空圖詩，又嘗手寫方干七律，時自省覽，論者每以爲包韓白之雄豪，總張姚之格律，其淵源正復可考，非徒憑臆度也。杜荀鶴輩思以豪放爲工，與典麗律格兩派立異，惟力不勝耳。

司空圖

司空圖字表聖，河中虞鄉人，咸通進士，黃巢之亂，車駕播遷，圖有先人舊業在中條山，極林泉之美，因避地居焉。日以詩酒自娛，河中士人，依圖避難者，甚衆，自稱知非子，結茅屋命曰休休亭，並爲之記。梁受禪，以禮部尚書徵，辭以老病，卒年八十餘。圖詩淡遠有味，尤自負其七絕。與李生論詩曰：「……江嶺之南，凡足資於適口者，若醯非不酸也，止於酸而矣，若鹾非不鹹也，止於鹹而已，中華之人，所以充飢而遽輟者，知其酸鹹之外，醇美者有乏耳，江嶺之人，習之而不辨也……」蘇東坡稱其詩『高雅，有承平之遺風。』著詩品二十則，有司空表聖集。

故國春歸未有涯，小欄高檻別人家。五更惆悵迴孤枕，猶自殘燈照落花。司空圖晚春

虞舜南巡去不還，二妃幽怨水雲間。當時珠淚知多少，直到如今竹尚斑。司空圖二妃廟

方干

方干字雄飛，桐廬人，詩人章八元之外孫也，屢舉進士不第，初居縣之鸕鷀源，徐凝一見器之，授以詩律，干始舉進士。謁錢塘太守姚合，合視其貌陋，甚卑之，坐定覽卷，乃駭目變容，登山臨水，皆與之共，自咸通迄文德（僖宗末）江之南，未有能及之者。歿後十餘年，宰相張文蔚奏名儒不第者五人，干其一也。其詩高秀，多警局。四庫提要曰：『何光遠鑑戒錄，稱干爲詩鍊句，字字無失，詠繫風雅，體絕物理，蓋其氣格清迴，意度閒遠，於晚唐纖靡俚俗之

中，獨能自振，故盛爲一時所推，然其七言淺弱較遜五言，郝氏林亭而外，佳句無多，則又風會有以限之也。』郝氏林亭佳句，即「鶴盤遠勢投孤嶼，蟬曳殘聲過別枝。」是也。蘇東坡則又極稱其七律。與李頻相友善，均以詩名。

莫見凌雲飄粉籜，須知礙石坐盤根。細看枝上蟬吟處，猶是筍時蟲蝕痕。月送綠陰斜上砌，露凝寒色濕遮門。列仙終日逍遙地，鳥雀潛來不敢喧。 方干越州使院竹

李洞，唐諸王孫也，嘗遊西川，慕賈浪仙（島）爲詩，鑄銅像其儀，事之如神，故其詩亦冷澀。三榜裴公，第二榜策夜簾前獻詩云，「公道此時如不得，昭陵痛哭一生休。」尋卒蜀中。裴公無子，人謂屈洞所致，裴公贄也。

閒坊宅枕穿宮水，聽水分衾盡蜀僧。藥杵聲中搗殘夢，茶鐺影裏煮孤燈。刑曹樹映千年井，華岳樓開萬里冰。詩句變風官漸緊，夜濤舂盡海邊藤。 李洞上崇賢曹郎中

劉得仁，貴主子，自開成（文宗）至大中（宣宗）三朝，昆弟皆歷貴仕，而得仁出入舉場三十年，卒無成，惟以詩名於時。薛能譏其詩千篇一律，而司空圖極稱之，亦可見好尚之不同也。

無事門多掩，陰堦竹掃苔。勁風吹雪聚，渴鳥啄氷開。樹向寒山得，人從瀑布來。終期天目老，擎錫逐雲回。　劉得仁題邵公禪院

鄭谷

鄭谷字若愚，袁州人，司空圖一見，許爲一代風騷主，乾寧（昭宗）中，爲都官郎中，卒于家。十日菊詠燕杭州樟亭諸篇，爲時所稱。

故國江天外，登臨落照間。潮平無別浦，木落見他山。沙鳥晴飛遠，漁人夜唱閒。歲窮歸未得，心逐片帆還。　鄭谷杭州樟亭

齊己

僧齊己，長五言，與司空圖相友善。四庫提要云，『齊己五言律詩，雖頗沿武功（姚合）一派，而風格獨遒，劍客聽琴祝融峯諸篇，猶有大歷以還意。』有白蓮集。

猨鳥共不到，我來身欲浮。四邊空碧落，絕頂正清秋。宇宙知何極，華夷見細流。壇西獨立久，白日轉神州。　齊己登祝融峯

貫休

僧貫休姓姜氏，字德隱，婺州蘭溪人，錢鏐自稱吳越國王，休以詩投之曰：「貴逼身來不自由，幾年勤苦踏林邱。滿堂花醉三千客，一劍霜寒十四州。萊子

衣裳宮錦窄，謝公篇詠綺霞羞。他年名上凌煙閣，豈羨當時萬戶侯。」繆諭改爲四十州，乃可相見。曰：「州亦難添，詩亦難改。然閒雲孤鶴，何天而不可飛。」遂入蜀，以詩投王建曰：「河北河南處處災，惟聞全蜀少塵埃。一瓶一缽垂垂老，千水千山得得來。秦苑幽棲多勝景，巴歈陳貢愧非才。自慚林藪龍鐘者，亦得親登郜隗臺。」建遇之甚厚，卒客死於蜀。詩與齊己齊名，有西岳集。

重疊太古色，濛濛花雨時。好山行恐盡，流水語相隨。黑壤生紅朮，黃猿領白兒。因思石橋月，曾與道人期。貫休春山行

杜荀鶴字彥之，石埭人，或以爲牧之養子，大順（昭宗）初，擢進士，官至翰林學士，嘗肄業九華山，因自號九華山人。其詩豪放，而時雜俚語，與巧麗律格兩派，自是不同，殆欲追香山牧之而不能者。顧雲序其集，謂可吞賈喻八九於胸中，賈指賈島，喻乃喻鳬也。有春宮怨詩，爲時所稱，歐陽修以爲周朴詩，未可考也。有唐風集。

早被嬋娟誤，欲妝臨鏡慵。承恩不在貌，教妾若爲容。風暖鳥聲碎，日高花影重。年年越溪女，相憶采芙蓉。　杜荀鶴春宮怨

三羅

晚唐詩勢已盡承襲詩統者乃詞而非詩

此後之詩均屬前人之旁枝別派

羅隱字昭諫，餘杭人，隱池之梅根浦，爲宰相鄭畋所知，畋女愛吟隱詩，後窺其貌陋，遂不復吟。光啓（僖宗）中，錢鏐辟爲節度判官副史，梁祖以諫議召不行。其詩豪放，長七言，與羅鄴羅虬，並號江東三羅，隱名尤著。有羅昭諫集。

一年兩度鏡城遊，前值東風後值秋。芳草有情皆礙馬，好雲無處不遮樓。山將別恨和心斷，水帶離聲入夢流。今日不堪回首望，澹烟喬木隔綿州。　羅隱綿谷迴寄蔡氏昆仲

夢斷南窗啼曉烏，新霜昨夜下庭梧。不知簾外如珪月，還照邊城到曉無。　羅鄴秋怨

詩至晚唐，其勢已盡，此後承襲詩統者，在詞而不在詩，詞再傳爲曲。故五代兩宋之詞，金元之曲，在其當時之風尚，一如有唐之詩，燦然爲一代之花，至同時之所謂詩者，竟莫與焉。此後之詩，均屬唐人之旁枝別派，純由作者之天才與好尚，得其大者爲大家，得其小者爲小家，卽其高者，亦不過摹仿漢魏六

朝，故歷宋金元明淸，未有能出漢魏六朝唐人之外者。詩學之高下，全恃作者技術之優劣，非有所謂自然之勢也。其敝也，分門立戶，各有師法，日以摹擬古人爲能事，而詩學遂不可復問矣。

第十三章　五代小詞代詩

五代詩詞之遞嬗——韋莊——和凝——馮延巳——張泌以次之作者——花蕊夫人

五代詩詞之遞嬗

五代文學之盛，莫過於西蜀南唐，只以詞承詩續，故詞興而詩不振，一般作者，仍沿晚唐餘習，氣格卑弱，無足論也。當時詞人如南唐後主李煜後蜀主孟昶韋莊和凝馮延巳張泌孫光憲……諸家，均兼工詩，以視其詞，則弗如遠甚。惟花蕊夫人以宮詞艷絕當時，事多珍密，殊可寶也。此外若陳陶鄭雲叟輩，猶是晚唐餘響，七言絕句，綿妙有佳思，楊誠齋（萬里）稱晚唐絕句有三百篇遺意，殆指此也。

李煜

南唐後主李煜，工小詞，艷惻婉麗，冠絕當時，與唐之李白，宋之李淸照，世稱詞家三李。有贈宮人慶奴詩，爲世所稱。張邦基墨莊漫錄曰，「後主書此於黃羅扇上，賜宮人慶奴，實楊柳枝詞也。」

風情漸老見春羞，到處芳魂感舊遊。多見長條似相識，強垂煙穗拂人頭。　李煜贈宮人慶奴

孟昶

後蜀主孟昶，擅文詞，嘗夏夜攜花蕊夫人避暑摩訶池，有紀事詩，爲世所稱，入詞名木蘭花。

冰肌玉骨清無汗，水殿風來暗香滿。繡簾一點月窺人，欹枕釵橫雲鬢亂。起來瓊戶寂無聲，時見疏星度河漢。屈指西風幾時來，只恐流年暗中換。孟昶同花蕊夫人避暑摩訶池作

韋莊

韋莊字端己，杜陵人，李詢爲西川宣諭和協使，辟爲判官，以中原多故，依王建，相建爲同平章事。端疏曠不拘小節，小詞秀麗，爲五代第一，詩亦清婉，有浣花集。

江雨霏霏江草齊，六朝如夢鳥空啼。無情最是臺城柳，依舊煙籠十里堤。韋莊臺城

和凝

和凝字成績，鄆州須昌人，後唐翰林學士，後晉同平章事，後漢太子太傅魯國公，後周侍中。凝工詩能詞，樂府紀聞稱其艷體，每嫁名於韓偓，以在政府諱之也。有紅葉稿詞，然多雜他人之作。自謂有香奩籯金等六集，不行於世，沈存中筆談，直以韓偓香奩集爲和氏作品，未可考也。

珠簾靜卷水亭涼，玉莛風飄小檻香。幾處按歌齊入破，雙雙雛燕出宮墻。和凝宮詞之一

馮延巳　張泌　孫光憲　花蕊夫人

馮延巳字正中，廣陵人，著樂章百餘闋。南唐詞人極衆，二主以下，允推第一，有陽春集詞。其壽山曲詞六言詩也，陸游南唐書本傳稱鴛瓦二句，有元和氣象，即指此。

銅壺漏滴初盡，高閣鷄鳴半空。催起五門金鎖，猶垂三殿珠櫳。階前御柳搖綠，仗下宮花散紅。鴛瓦數行曉日，鸞旗百尺春風。侍臣舞蹈重拜，聖壽南山永同。　馮延巳壽山曲

張泌南唐內史舍人，入宋爲郎中，工小詞，詩亦婉麗。

別夢依依到謝家，小廊廻合曲欄斜。多情只有春庭月，猶爲離人照落花。　張泌寄人之一

孫光憲南平御史中丞，入宋爲黃州刺史，工小詞，亦能詩。

菡萏香連十里陂，小姑貪戲採蓮遲。晚來弄水船頭濕，更脫紅裙裹鴨兒。　孫光憲採蓮

花蕊夫人費氏，蜀青城人，以才色事蜀主孟昶，蜀亡入宋，有「四十萬人齊解甲，更無一個是男兒」之豪語，太祖極寵之，後以罪賜死。宮詞百首，極爲後人所艷稱。王平甫考王恭簡所集，云只二十八首，餘無可據。

鬬草深宮玉檻前，春蒲如箭荇如錢。不知紅藥闌干曲，日暮何人落翠鈿。

鄭雲叟

陳陶

無名氏

梨園子弟簇池頭，小樂携來候宴遊。試炙銀笙先按拍，海棠花下合梁州。（花蕊夫人宮詞之二）

鄭雲叟好爲諷刺詩，雖稍粗俗，而能屏去淫靡。

美人梳洗時，滿頭間珠翠。豈知兩片雲，戴却數鄉稅。（鄭雲叟富貴曲）

陳陶有寫時詩，詞意深婉，儼然晚唐餘響。

誓掃匈奴不顧身，五千貂錦喪胡塵。可憐無定河邊骨，猶是深閨夢裏人。（陳陶隴西行）

至若無名氏等之雜詩，婉轉動人，又晚唐五代之上品也。

勸君莫惜金縷衣，勸君惜取少年時。花開堪折直須折，莫待無花空折枝。（無名氏雜詩）

近寒食雨草萋萋，著麥苗風柳映堤。等是有家歸未得，杜鵑休向耳邊啼。（又一無名氏雜詩）

以上所舉，多小詞名家，所爲詩間亦能工，然類多詞語，且有直取以入詞者。陸游曰：『詩至晚唐五季，氣格卑弱，千人一律，惟長短句獨精巧高麗，後世莫及。』蓋勢之所趨，原非人力所能爲，而詩詞遞嬗之跡，則於此可以窺其幾矣。

詩史卷中終

詩史卷下

第一章　詩勢盡後北宋各派作者之天才（上）

北宋詩人之派別——西崑派與九僧——楊劉——西崑以外之作者——王禹偁——林逋

北宋詩人之派別

兩宋詩學，仍不乏佳製，蓋其勢雖盡，而支分派衍，正未艾也。一般作者，均任其一己之天才，以習其所好尙，以致派別分歧，此興彼仆，詩人之多，作品之富，誠不減盛唐，而亦終不競。開國之初，楊億劉筠錢惟演諸公，爲詩宗法商隱，而盛稱唐彥謙，對偶惟工，用典必奧，時人效之，號西崑體，此一派也。與楊劉並時，有王禹偁徐鉉寇準魏野林逋潘閬諸大家，亦均以詩名。王徐學白樂天，號白體。寇魏等學晚唐，號晚唐體。皆與西崑一派立異，而其勢莫及也。歐陽修六一詩話盛稱九僧，或以爲九僧之詩，上承晚唐，下啓西崑，九僧詩集已亡，不復可考，今所傳惠崇（九僧之一）詩句，亦頗近之。西崑之極，梅（堯臣）蘇（舜欽）歐陽（修）起而矯其敝，尙閑遠，務平淡，詩風爲之一變，乃說理甚於言情，使事浮於寫景。荊公爲歐陽所獎進，少後出，詩亦振拔有理致，此一派也。與歐陽並時者，有夏竦宋庠兄弟亦能詩，然數公又非以詩鳴者也。東坡天才豪放，爲詩不拘拘於字句之推敲，故其語一出，如奔濤駭浪而不可遏止，至其佳者，可憶而數，此無他，過用其才故也。山谷爲蘇門六君子（黃庭堅秦觀晁補之張耒陳師道李廌）之一，其詩之氣味風格，多淵本東坡，故世稱蘇黃。惟喜用故實，語尚拗矯，人多病之。呂本中取以爲江西宗派主，列陳師道以下二十五人，詩法相傳，皆出山谷，此又一派也。韓駒列入宗派圖中，而心議其非。（駒於宗派圖有異議）陳與義以晚出，又未及入。（靖康以後，北宋詩人，凋零殆盡，惟與義獨存）二家之詩，與江西派固相類也。宋人於詩，每自謂效法唐人，實則皆爲摹唐而成之宋人體。劉後村以爲宋詩遠勝於唐，有是理歟。

楊億

楊億字大年，浦城人，以工文章詩享盛名，詩宗商隱，詞取姸華，時人效之，號西崑體。西崑之名，倡於楊億，而和之者，有劉筠錢惟演李宗諤陳越李維劉隱刁衎任隨張詠錢維濟丁謂舒雅晁迥崔遵度薛暎劉秉等十七人，有西崑唱酬集二卷，皆近體。西崑者，億序以爲取玉山策府之名也。

寒風易水已成悲，亡國何人見黍離。枉是荊王疑美璞，更令楊子怨多歧。邊笳暮應三撾鼓，楚舞春臨百子池。未抵索居愁翠被，圓荷清曉露淋漓。楊億詠淚

劉筠

劉筠字子儀，能文章，以理爲宗，尤工篇詠，與楊億錢惟演並主西崑。歐陽修曰：『楊大年與錢劉數公唱和，詩體一變，而先生老輩，患其多用故實，至於語僻難曉，殊不知自是學者之敝。如子儀新蟬云「風來玉宇烏先轉，露下金莖鶴未知。」雖用故事，何害爲佳句。又如「峭帆橫渡官橋柳，疊鼓驚飛海岸鷗。」不用故事，又豈不佳。』此歐公於前人作恕辭也。

含酸茹嘆欲傷神，嗚咽交流互滿巾。建業江山非故國，灞陵風雨又殘春。虞歌決別知亡楚，燕酒初酣待報秦。欲訴青天鎖積恨，月娥孀獨更愁人。劉筠詠淚

錢惟演

錢惟演字希聖，杭州臨安人，文詞清麗，與楊劉並倡西崑。守西都時，歐陽修在其幕中，載酒尋山，風雅爲一時冠，其高曠誠有足多者。

家在河陽路入秦，樓頭相望只酸辛。江南滿目新亭晏，旗鼓傷心故國春。仙掌倚天頻滴露，方諸待月自涵津。荆王未辨連城價，腸斷南州抱璧人。（錢惟演詠淚）

王禹偁

王禹偁字元之，濟川鉅鹿人，太平興國進士，歷官禮部員外郎，與宰相李沆不合，出知黃州，徙蘄州卒，年四十五。與潘閬交好甚密。詩學李杜而涉樂天之域。示子詩云：「本與樂天爲後進，敢期子美是前身。」即是此意。時西崑方盛，元之獨能立異，開有宋風氣之先，雖勢有莫逮，而歐陽修等得以承流接響。有小畜集。

雲裏寒溪竹裏橋，野人居處絕塵囂。病來芳草生魚艇，睡起殘花落酒瓢。閑把道書尋晚逕，靜携茶鼎洗春潮。長洲懶吏頻過此，爲愛盤餐有藥苗。（王禹偁題張處士溪居）

寇準

寇準字平仲，華州下封人，年十九，舉進士，太宗嘗以擬唐之魏徵，出入宰相三十年，不營私第，處士魏野贈詩有「有官居鼎鼐，無地起樓臺。」之句。善詩人魏野。江南春詩，最爲人所稱詠。有寇萊公詩集。

波渺渺，柳依依。孤村芳草遠，斜日杏花飛。江南春盡離腸斷，蘋滿汀州人未歸。（寇準江南）

林逋

林逋字君復，錢塘人，少孤力學，不爲章句，結廬西湖之孤山，二十年足不及城。嘗泛小艇，浮西湖諸寺，客至，童子開籠縱鶴，逋即掉船而歸。性喜梅，好賦詩，有「疎影橫斜水淸淺，暗香浮動月黃昏」句，爲世所稱。詩孤澹淸逸，一如其人，在北宋初自成一家，卒謚和靖。有林和靖詩集。

水痕秋落蟹鰲肥，閑過黃公酒舍歸。魚覺船行沉草岸，犬聞人語出柴扉。蒼山半帶寒雲重，丹葉疎分夕照微。却憶淸谿謝太傅，當時未解惜蓑衣。林逋秋日湖西晚歸舟中書事

王禹偁以疎放矯西崑，在宋初詩人中，自是具有卓見，林逋又以描寫山林景致，獨標奇格，更與西崑一派立異，惟當時好者未衆，故其勢莫振。徐鉉詩文，在宋初諸家之上，有騎省集。鉉爲五代遺賢，其詩更不涉宋人涯涘。迨蘇梅出、而詩風爲之一變。

第二章　詩勢盡後北宋各派作者之天才（中）

西崑派之反動——蘇梅——石延年——歐王——郭功甫以次之作者——慶歷之際爲有宋文運拓新之初期

西崑派之反動

自石介作怪說以詆楊億，而西崑始稍殺其勢。蘇（舜欽）梅（堯臣）變法，詩體一變。歐陽修初爲錢惟演推官，慶歷（仁宗）間，爲一代文宗，乃爲詩尊蘇梅，極詆西崑之非，西崑至此，遂一蹶不復振矣。

蘇舜欽

蘇舜欽字子美，梓州人，范仲淹薦其才，召試爲集賢校理，後爲湖州長史，卒年四十一。嘗廢居蘇州，買水石作滄浪亭，號滄浪翁。其爲詩以奔放豪健爲主，力矯西崑聲偶之習。劉後村稱其歌詩雄於聖俞，軒昂不羈，如其爲人。及蟠屈爲吳體，則極平易。有蘇學士集。

院僻簾深晝景虛，輕風時見動竿烏。池中綠滿魚留子，庭下陰多燕引雛。雨後看兒爭墜果，天晴因客曝殘書。幽棲未免牽塵事，身世相忘在酒壺。（蘇舜欽夏中）

春陰垂野草青青，時有幽花一樹明。晚泊孤舟古祠下，滿川風雨看潮生。（蘇舜欽絕句）

梅堯臣

梅堯臣字聖俞，宣城人，人稱宛陵先生，初爲錢惟演所知，仁宗朝，召試進士，官都官員外郎。其爲詩初喜淸麗，久則閑遠平淡，自成一家。龔嘯云：『去浮靡之習於西崑極弊之際，存古淡之道於諸家未起之先。』與子美世稱蘇梅。歐陽修曰：『聖俞子美齊名於一時，而二家詩體特異，子美筆力豪儁，以超邁橫絕爲奇，聖俞覃思精微，以深遠閑淡爲意，各極其長，雖善論者，不能優劣也。』有梅宛陵集。

淮南木葉驚，淮上使君行。天外高帆出，沙頭候吏迎。夜潮通廢埭，秋月滿孤城。正遲文翁化，從來楚俗輕。（梅堯臣魏屯田知楚州）

行到東溪看水時，坐臨孤嶼發船遲。野鳧眠岸有閑意，老樹着花無醜枝。短短蒲茸齊似剪，平平沙石淨於篩。情雖不厭住不得，薄暮歸來車馬疲。（梅堯臣東溪）

石延年

石延年字曼卿，永城人，詩名與蘇梅相埒，雄豪而縝密。石介作三豪詩，謂歐陽修豪于文，延年豪於詩，杜默豪于歌也。官太子中允，嘗進備邊策不報，已而四方兵起，仁宗思其言，欲召用之，則已死矣。有「樂意相關禽對語，生香不。斷。樹。交。花。」之句，爲時所稱，惜不見全集。

十年一夢花空委，依舊山河損桃李。雁聲北去燕西飛，高樓日日春風裏。眉北石洲雙對起，汾河不斷天南北，天色無情淡如水。石延年平陽作代意寄師魯

歐陽修

歐陽修字永叔，廬陵人，舉進士試南宮第一，擢甲科，與尹洙游，爲古文，與梅堯臣游，爲詩歌相唱和，開有宋文學之新局，遂以文名冠天下。晚年退休潁水上，自號六一居士，卒諡文忠。歐公詩慕退之，而時涉婉麗。四庫提要曰：「宋初詩文，尙沿唐末五代之習，柳開穆修欲變文體，王禹偁欲變詩體，皆力有未逮。歐陽修崛起爲雄，力復古格，於時曾鞏三蘇陳師道黃庭堅等，皆尙未顯，其佐修以變文體者，尹洙，佐修以變詩體者，則梅堯臣也。」尤自負其廬山高明妃曲二詩，嘗曰，「吾詩廬山高今人莫能爲，惟李太白能之，明妃曲後篇太白不能爲，惟杜子美能之，至於前章，則子美亦不能爲，惟吾能之也。」（以上據石林詩話。按胡仔苕溪漁隱叢話引宋名臣傳，所錄公語，謂廬山高惟韓愈可及，明妃曲前篇韓愈不可及，杜甫可及，後篇李白可及，杜甫不可及。

與石林所紀不同。）有歐陽文忠集。

胡人以鞍馬爲家，射獵爲俗，泉甘草美無常處，鳥驚獸駭爭馳逐。誰將漢女嫁胡兒，風沙無情面如玉。身行不遇中國人，馬上自作思歸曲。推手爲琵却手琶，胡人共聽亦咨嗟。玉顏流落死天涯，琵琶却傳來漢家。漢宮爭按新聲譜，遺恨已深聲更苦。纖纖女手生洞房，學得琵琶不下堂。不識黃雲出塞路，豈知此聲能斷腸。

漢宮有佳人，天子初未識。一朝隨漢使，遠嫁單于國。絕色天下無，一失難再得。雖能殺畫工，於事竟何益。耳目所及尚如此，萬里安能制夷狄。漢計誠已拙，女色難自誇。明妃去時淚，灑向枝上花。狂風日暮起，飄泊落誰家。紅顏勝人多薄命，莫怨春風當自嗟。

歐陽修明妃曲

宋祁

宋祁字子京，雍邱人，與兄庠並負文名，時稱大小宋。祁文章之外，兼工詩詞，嘗過御街逢內家車子，有搴帷而呼小宋者，祁爲作鷓鴣天詞，後傳達禁中，仁宗即以前宮娥賜之。有宋景文公集。

墜素翻紅各自傷，青樓煙雨忍相忘。將飛更作迴風舞，已落猶成半面妝。滄海客歸珠迸淚

王安石

，章臺人去骨遺香。可能無意傳雙蝶，盡付芳心與蜜房。宋祁落花

王安石字介甫，臨川人，歐陽修爲之延譽，擢進士第，熙寧（神宗）初，始入朝拜參知政事，封荆國公。荆公於經術文章之外，兼工韻語，詩高曠如其人，晚年尤精妙，宋人詩多喜鋪陳，荆公亦不能免。黃山谷曰：「荆公暮年作小詩，雅麗精絕，脫去塵俗，每諷詠之，便覺沆瀣生牙齡間。」尤好集句。晚年卜居鍾山謝公墩，自山距城適相半，謂之半山。有王荆公詩集。

明妃初出漢宮時，淚濕春風鬢腳垂。低回顧影無顏色，尙得君王不自持。歸來却怪丹青手，入眼平生未曾有。意態由來畫不成，當時枉殺毛延壽。一去心知更不歸，可憐着盡漢宮衣。寄聲欲問塞南事，只有年年鴻雁飛。家人萬里傳消息，好在氈城莫相憶。君不見咫尺長門閉阿嬌，人生失意無南北。

明妃出嫁與胡兒，氈車百兩皆胡姬。含情欲語獨無處，傳與琵琶心自知。黃金捍撥春風手，彈看飛鴻勸胡酒。漢宮侍女暗垂淚，沙上行人却回首。漢恩自淺胡自深，人生樂在相知心。可憐青塚已蕪沒，尙有哀絃留至今。王安石明妃曲

袁世弼

郭祥正

賀鑄

袁世弼南昌人，爲詩慕韋應物，而遒麗奇壯過之，自號遯翁。極爲荆公所稱賞。嘗爲郭功父手寫所賦詩一軸，卒年三十四，自作墓銘，有詩文十卷，號遯翁集。

方山憶共泛金船，屈指于今五六年。風送梨花吹醉面，月和溪水上歸韉。浮生聚散應難料，末路窮通盡偶然。欲問故人牢落事，鹿裘深入白雲眠。（袁世弼贈郭功父）

郭祥正字功父，幼爲袁世弼所知，以其才薦於梅聖俞，聖俞釆石月贈功父詩，有「釆石月下訪謫仙」句，人以爲太白後身，緣此有名。荆公尤稱其金山行。嘗與荆公登金陵鳳凰臺，追次太白韻，援筆立成，一座盡傾。晚與東坡遊。有青山集。

高臺不見鳳凰遊，浩浩長江入海流。舞罷青娥同去國，戰殘白骨尚盈丘。風搖落日吹行棹，潮擁新沙換故洲。結綺臨春無處覓，年年荒草向人愁。（郭祥正鳳凰臺詩）

賀鑄字方回，工詞能詩，以題定林寺詩爲荆公所稱賞，緣此知名。望夫石登快哉亭諸篇尤佳。有慶湖遺老集。

經雨輕蟬得意鳴，征塵斷處見歸程。病來把酒不知厭，夢後倚樓無限情。鴉帶斜陽投古剎，草將野色入荒城。故園又負黃華約，但覺秋風鬢上生。賀鑄病後登快哉亭

慶曆之際，爲有宋文運拓新之初期，詩學之盛，雖尚不能媲美元祐，而大家接踵，已臻盛境。梅蘇歐王之外，如韓琦范仲淹夏竦韓維諸公，均有詩傳世，韓琦之南陽集，韓維之安陽集，尤多佳製，惟均不以詩名耳。

第三章　詩勢盡後北宋各派作者之天才(下)

—元祐詩人之衆多與宋詩之局變——蘇黃——蘇黃二家與江西宗派——蘇門諸子—

—陳師道以次之作者——陳與義——江西一派獨爲後世宗法

元祐詩人之衆多

詩至山谷後山宋詩一大變局

元祐(哲宗)詩人，以蘇軾享名爲最盛，其才思橫溢，如瀉東海之水，韓文公後，一人而已。黃庭堅秦觀張耒晁補之，均出其門，時稱蘇門四學士。四學士均能詩，惟山谷名與東坡埒，至其體格，則又自成一家，所謂江西派者宗之。陳師道自謂學法山谷，頗能得其髣髴，宋末方回撰瀛奎律髓，於江西派倡爲一祖三宗，一祖杜甫，三宗黃庭堅陳師道陳與義，總之，詩至山谷後山，宋詩一大變局也。劉後村曰：『國初詩人，格擬晚唐，楊劉又專爲崑體，至梅蘇始稍變以平淡，六一坡公，巍然大家，山谷稍後出，會萃百家句律之長，極歷代體制之變，作爲古律，自成一家，雖隻字半句不輕書，爲本朝詩家之祖。』呂居仁自言傳江西衣鉢，作宗派圖，自山谷以降，列陳師道潘大臨謝逸洪芻饒節僧祖可徐俯洪朋林敏修洪炎汪革李錞韓駒李彭晁冲之江端本楊符謝薖夏倜林敏功

蘇軾

潘大觀何覬王直方僧善權高荷合等二十五人，而以己爲之殿。所稱二十五人，有詩傳世而爲人所稱道者，僅有數人，名列宗派圖中之韓駒，且以爲不當，其選。取未精，固不待辯也。

蘇軾字子瞻，眉山人，父洵，弟轍，時號三蘇。嘉祐（仁宗）二年，試禮部，爲歐陽修所識拔。初貶黃州，築室東坡，自號東坡居士。旋貶惠州，泊然無芥蒂。再貶儋耳，乃與幼子過著書以爲樂。建中（徽宗）初，卒於常州，謚曰文中。公天才豪放，每自謂作文如行雲流水，故其詩詞文章，浩瀚無涯涘，南遷後，精神華妙，無一毫衰憊氣。黃山谷曰：「東坡嶺外文字，讀之使人耳目聰明，如清風自外來也。」陳後山曰：「東坡詩始學劉禹錫，故多怨刺，晚學太白，又失於粗，以其得之易也。」有蘇東坡詩集。

少年不願萬戶侯，亦不願識韓荊州。頗願身爲漢嘉守，載酒時作凌雲遊。虛名無用今白首，夢中却到龍泓口。浮雲軒冕何足言，惟有江山難入手。峨眉山下半輪秋，影入平羌江水流。謫仙此語誰解道，請君見月時登樓。笑談萬事眞何有，一時付與東巖酒。歸來還受一

大餞，好意莫違黃髮叟。　蘇軾送張嘉州

掃地焚香閉閤眠，簟紋似水帳如煙。客來夢覺知何處，挂起西窗浪接天。　蘇軾南堂

秦觀

秦觀字少游，一字太虛，高郵人，舉進士不中，蘇東坡以爲有屈宋才，乃介其詩於王安石，安石亦謂淸新婉麗似鮑謝，勉以應舉，始登第。尤工長短句，爲北宋詞人之健者。渡嶺後，詩格一變。有淮海集。

畫舫珠簾出繞墻，天風吹到芰荷鄉。水光入座杯盤瑩，花氣侵人笑語香。翡翠側身窺綠酒，蜻蜓偸眼避紅粧。葡萄力緩單衣怯，始信湖中五月涼。　秦觀遊鑑湖

晁補之

晁補之字無咎，鉅野人，東坡通判杭州，補之年甫十七，隨父端友宰杭之新城，軾見所作錢塘七述，大爲稱賞，由是知名。補之小詩新麗有逸致。胡仔苕溪漁隱叢話則極稱其古樂府。有雞肋集。

驛後新籬接短墻，枯荷衰柳小池塘。倦遊到此忘行路，徙倚軒窗看夕陽。　晁補之題穀熟驛舍

張耒

張耒字文潛，淮陰人，從東坡遊，弱冠第進士，兼工詩文，詩尤奇逸。晚年學白樂天，務爲平淡，樂府則學張籍。時二蘇晁黃相繼歿，耒獨爲一時文宗。有

宛邱集。

流光向老惜芳菲，搔首悲歌心事違。綠野染成延晝永，亂紅吹盡放春歸。荊棘廢苑人閑牧，風雨空城鳥夜飛。斷送一翻桃李盡，可憐桑柘有光輝。　張耒春日遣興

黃庭堅

黃庭堅字魯直，洪州人，舉進士，東坡見其詩文，以爲超軼絕塵，獨立萬物之表，由是名大振，與東坡並稱蘇黃。山谷詩本淵源唐人格律一派，而能自出機杼，遂至別成一家，爲後世言宋詩者之祖。七律尤精妙。嘗遊灊皖山谷寺石牛洞，樂其林泉之勝，因自號山谷，又號涪翁，有黃山谷詩集。

凌波仙子生塵襪，水上輕盈步微月。是誰招此斷腸魂，種作寒花寄愁絕。含香體素欲傾城，山礬是弟梅是兄。坐對眞成被花惱，出門一笑大江橫。　黃庭堅王充道送水仙花詩

我居北海君南海，寄雁傳書謝不能。桃李春風一杯酒，江湖夜雨十年燈。治家但有四壁立，治病不蘄三折肱。想得讀書頭已白，隔溪猿哭瘴溪籐。　黃庭堅寄黃幾復

陳師道

陳師道字履常，一字無己號后山，彭城人，初學于曾南豐，後見山谷詩，詩格一變。山谷稱其詩得老杜之法，非冥搜旁引，不能通其意。呂本中選江西宗派

，即使之以嗣山谷。後山一生清苦。嘗宿齋宮驟寒，或送綿半臂，卻之不服，竟感疾而終。有陳後山詩集。

斷牆著雨蝸成字，老屋無僧燕作家。剩欲出門追笑語，却嫌歸鬢著塵沙。風翻蛛網開三面，雷動蜂窩趁兩衙。屢失南鄰春事約，只今容有未開花。（陳師道春懷示鄰里）

謝逸

謝逸字無逸，臨川人，工詩能文，黃山谷讀其詩曰：「晁張流也。」與淮南詩人潘邠老相善，二公皆老死布衣，論者惜之。呂本中取以入江西宗派。有溪堂集。

處士骨相不封侯，卜居但得林塘幽。家藏玉唾幾千卷，手校韋編三十秋。相知四海孰青眼，高臥一菴今白頭。襄陽耆舊節獨苦，只有龐公不入州。（謝逸寄隱居士詩）

韓駒

韓駒字子蒼，蜀仙井監人，從蘇轍學，轍稱其詩似儲光羲。政和（徽宗）中進士，南渡初知江州。呂本中取以入江西宗派，而駒於江西派持異議。有陵陽集。

北風吹日晝多陰。日暮擁堦黃葉深。倦鵲繞枝翻凍影，飛鴻摩月墮孤音。推愁不去如相覓

，與老無期稍見侵。願藉微官少年事，病來那復一分心。（韓駒冬日詩）

陳與義

江西一派獨爲後世法宗

陳與義字去非，號簡齋，汝州葉縣人，學詩於崔德符，思力沉摯，能自闢一徑。劉後村曰：『元祐以後，詩人迭起，不出蘇黃二體，簡齋始以老杜爲師。』方回則並山谷後山，同稱三宗，蓋亦黃陳之流亞也。靖康（欽宗）以後，北宋詩人，零落殆盡，惟與義爲文章宿老，卒年四十九。有陳簡齋詩集。

漲水東流滿眼黃，泊舟高舍更情傷。一川木葉明秋序，兩岸人家共夕陽。亂後江山原歷歷，世間歧路極茫茫。遙指長沙非謫去，古今出處兩淒涼。（陳與義舟次高舍書事）

當時浮圖能詩者甚衆，惠洪參寥祖可善權……先後均享盛名，尤以船子和尚之偈詩爲最佳。

千尺絲綸直下垂，一波纔動萬波隨。夜靜水寒魚不食，滿船空載月明歸。（船子和尚偈詩）

北宋仁宗以後七十年間，爲文學極盛時期，名家輩出，不可以備舉，然多以能詞享盛名，惟江西一派獨爲後世宗法。宗派圖中除黃陳謝韓外，洪明有洪龜父集，謝薖有竹友集，呂本中有東萊集，餘皆不可得。本中字居仁，詩奇逸有高致。，漁隱叢話所稱「樹。移。午。影。重。簾。靜。，門。閉。春。風。十。日。閒。」洵佳。句。也。茲並。及。之。。

第四章　南宋四大家與永嘉四靈（上）

南宋詩人之派別——范楊尤陸四大家——四大家使宋詩解放成一新局——蕭千巖——姜夔——戴石屏以次之作者

南宋詩人之派別

南宋詩人，尤多沿江西餘習，惟所稱范（成大）楊（萬里）尤（袤）陸（游）四大家者，則卓然無所依傍。四大家詩，本得法於曾茶山（幾），茶山詩效山谷，以江西苗裔，而能脫卸其羈絆，使宋詩解放成一新局，亦難能而可貴也。

四大家使宋詩解放成一新局

降及中葉，獨稱永嘉四靈，四靈詩效晚唐，其意蓋欲一矯江西，惟取法不高，致有失瑣屑，然置之姚（合）賈（島）集中，不能辨也。迨嚴羽出，始極端復古，詆四靈詩以爲只入聲聞辟支之果，其滄浪論詩必使人以漢魏盛唐爲師，不可作開元天寶以下人物，歷來論詩者，鮮有其高妙，及讀其詩，亦殊少警拔，此其所謂詩有別才，非關學者歟。理宗而後，國勢日促，當時詩人，如劉克莊方岳眞山民汪元量謝翱陸壑林景熙……輩，亦均享盛名，惟以外患侵逼，多好爲激楚之音，文文山國亡不屈，詩尤惻厲，遂一洗前人猥屑之習，而趨於傲兀，秋後黃花，亦愈見其高致也。

范成大

范成大字致能，吳郡人，紹興（高宗）進士，與楊萬里陸游尤袤號南宋四大家。其詩初效晚唐，後溯蘇黃遺法，惟不落其窠臼，故清新嫵媚，能自成一家。所居石湖，在太湖之濱，有石湖詩集。

憶隨書劍此徘徊，投老雙旌重把杯。綠鬢風前無幾至，黃花雨後不多開。豐年江隴青黃偏，落日淮山紫翠來。飲罷此身猶是客，鄉心却附晚潮回。范成大重九賞心亭登高

楊萬里

楊萬里字廷秀，吉州吉水人，紹興進士，以正心誠意之學，號其室曰誠齋。其詩自序，始學江西，既學後山五字律，又學半山七字絕句，晚乃學唐人絕句，後官荊溪，遂謝去前學，而自爲誠齋體，焚其少作千餘篇，然往往失於粗豪，爲人所短。卒年八十三。有誠齋詩集。

城南前江後山址，竹齋正對寒江啓。不嫌漁火亂書燈，只恐櫓聲驚睡美。平生剩頭鑽故紙，晚知此事無多子。從渠散漫汗牛書，笑倚江楓弄江水。楊萬里題唐德明建一齋

陸游

陸游字務觀，越州山陰人，初爲秦檜所忌，檜死始出，召見賜進士，范成大帥

蜀，游爲參議官，自號放翁，卒年八十五。其詩浩瀚，爲南宋一大家。清四庫提要曰：『游詩法傳自曾幾，而所作呂居仁集序，又稱原出居仁，二人皆江西派也。然游詩清新刻露，而出以圓潤。能自闢一宗，不襲黃陳之舊格。』平生詩多至萬餘首，尤善爲悲壯。有劍南詩集。

世味年來薄似紗，誰令騎馬客京華。小樓一夜聽春雨，深巷明朝賣杏花。矮紙斜行閒作草，晴窗細乳戲分茶。素衣莫起風塵歎，猶及清明可到家。陸游臨安春雨初霽

蕭千巖

蕭千巖字東夫，誠齋弟子，詩工致而峭利。誠齋序千巖摘稿曰『余嘗論近世之詩人，若范石湖之清新，尤梁溪之平淡，陸放翁之敷腴，蕭千巖之工致，皆余之所畏者。』尤梁溪則又以爲高古。

半夜新春入管城，平明銅雀綠苔生。浮澌把斷東風路，訴與青州借援兵。蕭千巖立春

姜夔

姜夔字堯章，居苕溪與白石洞天爲鄰，號白石道人，其詩琢句精工，清淡有逸致，尤楊後一大家也。尤工長短句，爲范成大所知。有姜白石集。

細草穿沙雪半銷，吳宮烟冷水迢迢。梅花竹裏無人見，一夜吹香過石橋。

戴復古

千門列炬散林鴉，兒女相思未到家。應是不眠非守歲，小窗春色入燈花。姜夔除夜自石湖歸苕溪

戴復古字式之，天台黃巖人，放翁弟子，居南塘石屏山，因號石屏。石屏少篤於詩，又好遊覽，故其詩輕快，不加斧斲，以詩鳴海內者五十年。有石屏詩。

江頭落日照平沙，潮退魚舠閣岸斜。白鳥一雙臨水立，見人驚起入蘆花。戴復古江村晚眺

四大家中，尤袤之梁溪集已佚，不可考，今所傳爲尤侗所輯，篇什寥寥，殊未足定其高下。楊誠齋稱其詩以平淡爲工，舉所作「去年江南荒，趁逐過江北。江北不可住，江南歸未得。」等句以實之。亦頗近似。袤字延之，梁溪其號也。

第五章　南宋四大家與永嘉四靈（中）

永嘉四靈與嚴滄浪之復古——四靈——四靈之詩一洗宋人長篇論理之習——嚴滄浪與滄浪詩話

永嘉四靈與嚴滄浪之復古

永嘉四靈，詩效晚唐，在四大家後，獨標一幟。趙汝回稱其以元和作者自命，置之姚賈中，人不能辨也。四靈皆葉適門人，適爲詩，獨近晚唐，且與江西立異，四靈爲此，其淵源固如是也。迨滄浪論詩，尤極端復古，以其妙於造語，故頗能影響一世，而江西派之勢力，至此乃愈墜。

徐照

徐照字道暉（一字靈輝）永嘉人，號山民，詩學姚賈，獨工清瘦。葉適道暉墓誌稱，『其詩數百，琢思尤奇，横絕欻起，冰懸雪跨，使讀者變掉繆慄，肯首吟歎，不能自已，然無異語。』早卒。有芳蘭軒詩集。

一派從天下，曾經李白看。千年流不盡，六月地長寒。灑木跳微沫，衝崖作怒湍。人言深碧處，常有老龍盤。（徐照石門瀑布）

徐璣

徐璣字文淵，（一字靈淵），從晉江遷永嘉，官建安主簿龍溪丞，卒年五十九

翁卷

趙師秀

。唐詩既廢，璣乃與其友人四靈議曰，「昔人以浮聲切響單字隻句計巧拙，蓋風騷之至精也，近世乃連篇累牘，汗漫而無禁，豈能名家哉。」四人之語，遂極工，唐體由此復行。有二薇亭詩集。

憑高散幽策，綠草滿春坡。楚野無林木，湘山似水波。客懷隨地改，詩思出門多。尚有溪西寺，斜陽未得過。 徐璣憑高

翁卷字靈舒。永嘉人，四靈之一也，徐照之稱靈暉，徐璣之稱靈淵，趙師秀之稱靈秀，均以此。詩淸而多勝語。有葦碧軒詩集。

不奈滴簷聲，風回昨夜晴。一堦春草碧，幾片落花輕。知分貧堪樂，無營夢亦淸。看君話幽隱，如我願逃名。 翁卷春日和劉明遠

趙師秀字紫芝。永嘉人，四靈惟師秀登科，改官亦不顯。善爲五言律。嘗曰，「幸。止有四十字，更增一字，吾末如之何矣。」有淸苑齋詩集。

幽人愛秋色，祗爲屬吟情。一片葉初落，數聯詩已淸。瘦便籐杖細，涼覺葛衣輕。門外蕭蕭徑，今年菊自生。 趙師秀秋色

四靈之詩一洗宋人長篇論理之習

嚴羽，號滄浪，詩人中之善於批評者。所著滄浪詩話，極論詩之能事。其言曰，「詩有別才，非關書也，詩有別趣，非關理也，而古人未嘗不讀書，不窮理，所謂不涉理路，不落言筌者，上也。詩者，吟咏性情也，盛唐詩人，惟在興趣，羚羊掛角，無跡可求，故其妙處，瑩徹玲瓏，不可湊泊，如空中之音，相中之色，水中之月，鏡中之象，言有盡而意無窮。近代諸公，作奇特解會，以文字爲詩，以議論爲詩，以才學爲詩，以是爲詩，夫豈不工，蓋於一唱三歎之音，有所歉焉。」是數語，頗能道着唐人好處，亦極能道著宋人壞處，惟必使人作盛唐以上人物，則不可能，即所自爲，亦徒得唐人體態，勢之所趨，固非才力之所能爲也。有嚴滄浪集。

昨在南昌府，淸遊不可窮。杯行江色裏，棹進月明中。樓笛吹晴雪，菱歌漾晚風。坐來懷舊迹，萬里亦飄蓬。（嚴羽懷南昌舊遊）

四靈於江西勢力之下，首倡復古，乃取法僅及晚唐，誠不免破碎尖酸之病，至其淸捷，實能一矯宋人長篇論理之陋習。江湖詩人，多效其體，自謂唐宗，其風靡可知也。滄浪繼起，設語尤高，論者以其論江西詩病，如直取心肝劊子手，信夫。

第六章　南宋四大家與永嘉四靈（下）

宋逸民之詩體——劉克莊——文天祥——謝翺方鳳與月泉詩社——林景熙以次之

作者——宋人詩話

宋逸民之詩體

宋末詩人，獨卓然可紀，詩亦振拔有奇氣，劉克莊文天祥均其著者。國亡之後，逸老多散處東南，宋義烏令浦陽吳渭，約諸鄉老創月泉詩社，延謝翺方鳳主其事，當時作者，多至二千七百餘人，王漁洋稱其詩，「清新尖刻自成一家，」時已元至元（世祖）二十四年也。特表而出之，以結宋詩之局。

劉克莊

劉克莊字潛夫，號後村，莆陽人，學於眞西山，四靈盛行，後村年甚少，刻琢精麗，與之並驅，已而厭之，謂諸人極力馳驟，纔望見賈島姚合之藩籬而已。乃自爲新體，然格亦不甚高。初官建陽令，以詠落梅詩爲讒者所中，閑廢十載。有後村詩集。

兒時逃學頻來此，一一重尋盡有蹤。因漉戲魚群下水，緣敲響石鬬登峰。孰知舊事惟鄰叟，催去韶華是暮鐘。畢竟世間何物壽，寺前雷仆百年松。　劉克莊烏衣山

文天祥

文天祥號文山，吉水人，國亡不屈，大節凛然，故其詩激昂慷慨，極縱橫之能事，匡山詩尤爲後人所稱賞。有文山詩鈔。

長平一坑四十萬，秦人懽忻趙人怨。大風揚沙水不流，爲楚者樂爲漢愁。兵家勝負常不一，干戈紛紛何時畢。必有天吏將明威，不嗜殺人能一之。我生之初尙無疚，我生之後遭陽九。厥角稽首二百州，正氣掃地山河羞。身爲大臣義當死，城下師盟愧牛耳，間關歸國洗日光，白馬重拜不敢當。出師三年勞且苦，咫尺長安不可覩。非無虓虎士如林，一日不戒爲人擒。樓船千艘下天角，兩雄相遭相噴薄。古來何代無戰爭，未有鋒蝟交滄溟。游兵日來復日往，相持一月爲鷸蚌。南人志欲復崑崙，北人氣欲河帶吞。一朝天昏風雨惡，砲火雷飛箭星落。誰雄誰雌頃刻分，流尸浮血洋水渾。昨朝南船滿岸崖，今朝止有北船在。夜昨雨邊桴鼓鳴，今夜船船鼾睡聲。北軍去家八千里，椎牛釃酒人人喜。唯有孤臣淚雨垂，明明不敢向人啼。六飛杳靄知何處，大水茫茫隔煙霧。我期借劍斬佞臣，黃金橫帶爲何人。

○文天祥匡山詩

方岳

方岳字巨山，號秋崖，爲詩刻意入妙，國亡之後，放意山水，尤多故國之思。

有方秋崖詩集。

老筆盤空墨未乾，最佳處與着危欄。江山分與諸賢管，風雨專爲九日寒。白髮自驚秋節序，黃花曾識晉衣冠。未須計較明年健，別倣茱萸一等看。（方岳九日集清涼佳處）

謝翱

謝翱字皐羽，號晞髮子，福之長溪人，詩文奇傲，一掃宋季之庸音。古詩頡頏韓（愈）黃（庭堅），一時詩人，無出其右者。有晞髮集。

空園久閉無人住，城烏應入巢其樹。食盡滿園綠荔枝，引雛飛去人始知。（謝翱故園秋日）

林景熙

林景熙，字德陽，號霽山，溫之平陽人，時當國破，故多悽愴故舊之作。與謝翱齊名，謝詩奇崛，林詩幽婉。有白石巷詩。

乾坤萬事上眉端，寂歷東風獨倚欄。白髮餘春能幾醉，綠陰細雨不多寒。香飄苔徑花誰惜，影落沙泉鶴自看。碧眼野僧知我意，素琴携就竹西彈。（林景熙春暮）

汪元量

汪元量字大有，錢塘人，以善琴事謝后王昭化，宋亡，隨三宮留燕，後爲黃冠南歸。其詩多記國亡北徙事，與文丞相獄中唱和，愴惻動人，如湖州歌等作，皆記實也，世稱詩史。有水雲詩集。

一出宮門上畫船，紅紅白白艷神仙。山長水遠愁無那，又見江南月上弦。

曉鬢鬅鬆懶不梳，忽聽人說是南徐。手中明鏡拋船上，半揭篷窗看打魚。（汪元量湖州歌之二）

李東陽曰：『唐人不言詩法，詩法多出宋，而宋人於詩無所得。所謂法者，不過一字一句對偶琢雕之工，而天真興致，則未可與道，其高者失之捕風捉影，而卑者坐於黏皮帶骨，至於江西詩派極矣。惟嚴滄浪所論，超離塵俗，眞若有所自得，反覆譬說，未嘗有失，顧其所自爲，徒得唐人體面，而亦極少超拔警策之處，予嘗謂識得十分，只做得八九分，其一二分乃拘於才力，其滄浪之謂乎。』東陽之論，於宋詩及宋人之說詩者，均能切中其病。宋人說詩者，固甚多，然均不過能舉前人一二字句之長短者，便自炫以爲高。惟胡仔之苕溪漁隱叢話，魏慶之之詩人玉屑，取材較富，尤袤之全唐詩話，葛立方之韵語陽秋，多儲史料，其餘均拘拘一人一詩之短長，無足取也，歷代詩話於宋人詩話，多所採輯，不具錄。

第七章　詩學降落中遼金兩代之朔角孤星

遼詩不傳與金詩之獨盛——十香詞——吳蔡——黨趙——元好問——王庭筠宇文虛中以次之作者——金代詩人與中州集

遼詩不傳與金詩之獨盛

遼金樹國北方，並爲宋患，遼詩不傳，金詩獨多可紀，且有上凌唐宋，下視元明，熛炳一代之大家元遺山者，亘絕於其中，使久已寂寞之詩世界，頓然大地光明，祥彩煥發，誠一代文學之奇運也。

遼詩存者，惟道宗宣懿皇后詩詞數首及無名氏十香詞而已。（今人所輯全遼詩四卷，則未見刊本。）后小字觀音，樞密使惠少女，恣容冠絕，工詩詞，善琵琶，宮婢單登等誣其與人私，詔耶律乙辛等勘之，賜后自盡。王鼎焚椒錄云：『后以重熙九年五月生，淸寧元年十二月册爲后，生太子濬，上好獵，后上疏切諫，遂見疏。后作回心院詞，諸伶無能演爲曲者，惟趙惟一能焉。宮婢單登亦善箏琵琶，與惟一爭寵技，皆出后下，遂怨后。登妹淸子，嫁爲教坊朱頂鶴妻，知北院，趙王耶律乙辛暱之，登每誣后與惟一私，乙辛乃取他人作十香淫詞使登乞后書，登給后爲宋人忒里蹇作，后書竟，竟綴己所作懷古一絕。乙辛命登與鶴赴北院首其事，復密奏以聞，上大怒，詰后，后哭辯，上出十香詞，后曰：「此單登乞妾書，且國家無親蠶事也。」上曰：「合縫鞾亦宋國服耶。」詔參知政事張孝傑與乙辛竟其獄，皆誣服。上猶未決，孝傑曰：「懷古絕句藏趙惟一三字也。」乃族惟一，敕后自盡。』據此則十香詞非后作也。茲並錄之。

宮中只數趙家妝，敗雨殘雲誤漢王。惟有知情一片月，曾窺飛燕入昭陽。遼宣懿后懷古詩

青絲七尺長，挽出內家裝。不知眠枕上，倍覺綠雲香。

紅綃一幅強，輕闌白玉光。試開胸探取，尤比顫酥香。

芙蓉失新豔，蓮花落故妝。兩般總堪比，可似粉腮香。

蝤蠐那足並，長須學鳳凰。昨宵歡臂上，應惹頸邊香。

和羹好滋味，送語出宮商。定知郎口內，含有暖甘香。

非關兼酒氣，不是口脂芳。却疑花解語，風送過來香。

旣摘上林蕊，還親御院桑。歸來便携手，纖纖春筍香。
鳳鞾脫合縫，羅襪卸輕霜。誰將暖白玉，雕出軟鈎香。
解帶色已戰，觸手心愈忙。那識羅裙內，消魂別有香。
咳唾千花釀，肌膚百和馥。元非啖沈水，生得滿身香。十香詞

吳激

金初詩人，首推吳（激）蔡（松年），二公皆以宋人入金，風雲際會，遂爲一時冠冕。松年子珪，更冠絕其倫。自茲以後，文學愈炳，大定明昌間，黨懷英名最著，貞祐正大間，趙秉文爲之魁，至元好問出，乃集大成，卓然爲一代宗法。入元不仕，以詩文鳴天下者且三十年。趙秉文於詩稱黨懷英，元於詩又盛稱趙秉文，實則黨趙皆非元之匹也。此外若宇文虛中王庭筠辛愿李汾麻革……等皆先後有詩名。金處北鄙，享國僅百二十年，而文學之盛有如是者，故特表而出之。

吳激字彥高，建州人，名家子，與韓昉高士談蔡松年宇文虛中等並以宋人入金，爲金初之大家。長於筆札，尤工詩詞。有東山集。

蔡松年

佳氣猶能想鬱葱，雲間雙闕峙蒼龍。春風十里霸陵樹，曉月一聲長樂鐘。小苑花開紅漠漠，曲江波漲綠溶溶。眼前疊嶂青如畫，借問南山共幾峰。吳激長安懷古

蔡松年字伯堅，眞定人，自宋入金，與吳激齊名，時號吳蔡。詩詞淸麗，尤工樂府。子珪，字正甫，文章詩詞，爲一代正宗。

春風捲甲有歡聲，漸識天公欲諱兵。節物無情新歲換，男兒易老壯心驚。落身世網痴仍絕，挂眼山光計未成，聞道恒陽似江國，一官漫學阮東平。蔡松年師還求歸鎮陽

黨懷英

黨懷英字世傑，大定明昌間大家也，少與辛棄疾師事蔡松年，爲其所識拔，筮仕決以蓍，辛得離歸，黨得坎留，掌文柄三十年。趙秉文稱其文似歐公，詩似陶謝。

城頭山色翠玲瓏，尙憶淸狂四飲翁。鐵馬冰車斷遺響，桃花石室自春風。平生詩價千鈞重，身後仙遊一夢空。想見蓬萊水淸淺，芙蓉城闕五雲中。黨懷英弔石曼卿

趙秉文

趙秉文字周臣，磁州滏陽人，貞祐正大間，與楊雲翼代掌文柄，時號楊趙。元遺山稱其「七言長詩，筆勢縱放，不拘一格，律詩壯麗，小詩精絕，多以近體

爲之，至五言則沈鬱頓挫如阮嗣宗，眞淳古樸似陶淵明。」遺山出其門下，故推重之如此。有滏水集。

月暈曉圍城，風高夜斫營。角聲寒水動，弓勢斷鴻驚。利簇穿吳甲，長戈斷楚纓。回看經戰處，慘淡暮寒生。趙秉文廬州城下

元好問字裕之，太原容秀人，父德明，累舉不第，以詩酒放浪山水間，著有東岩集。裕之少工詩，嘗從陵川郝晉卿遊，淹貫百家，趙秉文見其箕山琴臺等詩，以爲近代無此作也。金亡不仕，以著作自娛，其詩奇崛而絕彫劌，巧縟而謝綺麗，五言高古沉鬱，七言樂府，不用古題，而特出新意。趙甌北曰：『蘇陸古體多偶句，遺山專以單行，構思窅渺，十步九折，愈折而意愈深，味愈雋，蘇陸不及也。唐以來律詩可歌可泣者，少陵十數聯外，絕無嗣響，遺山往往有之。沈摯悲涼，自爲聲調。』有元遺山詩集。

游絲落絮春漫漫，西樓曉晴花作團。樓中少婦弄瑤瑟，一曲未終坐長歎。去年與郎西入關，春風浩蕩隨金鞍。今年匹馬妾東還，零落芙蓉秋水寒。并刀不剪東流水，湘竹年年露痕紫。

海枯石爛兩鴛鴦，只合雙飛便雙死。重城車馬紅塵起，乾鵲無端爲誰喜。鏡中獨語人不知，欲插花枝淚如洗。（元好問西樓曲）

翁仲遺墟草棘秋，蒼龍雙闕記神州。只知終老歸唐土，忽漫相看是楚囚。日月盡隨天北轉，古今誰見海西流。眼中二老風流在，一醉從教萬事休。（元遺山鎮州與文擧百一飲）

金代詩人與中州集

金代詩人雖衆，而其專集多不傳，惟以元遺山之中州集所載較多，凡二百四十六人。劉祁歸潛志亦頗掇拾文獻。淸撰全金詩，增於中州集者，僅十之一二。王世貞曰：『元裕之好問有中州集，皆金人詩也，如宇文太學虛中，蔡丞相松年，蔡太常珪，黨承旨懷英，周常山昂，趙尙書秉文，王內翰庭筠，其大旨不出蘇黃之外，要之直於宋而傷淺，質於元而少情。』蓋諸人均非遺山匹也。遺山之後，麻革享名較勝。元房祺編河汾諸老詩集，列麻革張宇陳賡陳颺房皞段克己段成己曹之謙等八人，人各一卷。八人皆從好問游，今所存詩，止一百七十七首，已非完本，然金詩除中州集外，惟此爲多耳。

第八章　元四大家詩體與鐵崖樂府（上）

元四大家之詩體——趙孟頫——虞楊范揭——吳淵穎與同時之作者

元四大家之詩體

元詩獨不襲宋，而能以幽麗出之，虞（集）楊（載）范（梈）揭（傒斯）四大家，其代表也。四大家之前能詩者，有金履祥許衡劉因吳澄戴表元，四大家之後，能詩者，有吳萊黃溍柳貫，諸公均以性理文章名家，非僅以詩傳也。薩天錫張翥視四大家稍後出，而名與之埒，其詩專尚情美，與四大家稍異，薩尤長於情，以論夫詩，則四大家不能及也。迨至末季，楊維楨倡霸於越，倪瓚等爲之羽翼，倡比興風諭之旨於樂府古詩，一時詩名，無出其右，悠悠末運，獨能以詩振一代之勢，蓋亦猶金之有遺山焉。維楨入明尚在，明初詩人，實宗法之，則元代大家，當以此老爲冠。趙孟頫自宋入元，其詩與劉因等理學一派不同，茲先論之，以爲元詩之先導。

趙孟頫

趙孟頫字子昂，湖州人，宋宗室，工詩能文，善書畫，宋亡家居，爲學益力，至元中，以薦入朝，官至兵部郎中。其詩詞清邃奇逸，讀之使人飄飄有出塵想。卒謚文敏，有松雪齋集。

溪上東風吹柳花，溪頭春水淨無沙。白鷗自信無機事，玄鳥猶知有歲華。錦纜牙檣非昨夢，鳳笙龍管是誰家。令人苦憶東陵子，擬向田園學種瓜。趙孟頫溪上

虞集

虞集字伯生，蜀郡人，元遺山沒後一大家也。詩文詞並著，詩與楊載范梈揭傒斯稱四大家，而集爲之冠。嘗闢書舍二室，左書陶淵明詩於壁，題曰陶菴，右書邵堯夫詩於壁，題曰邵菴。有道園學古錄。

海上風來五月秋，晚涼應上木蘭舟。金盤丹荔生南國，玉腕清冰出北州。狂客醉時花作陣，美人歌罷月如鉤。期門舊識將軍面，從獵還披翠羽裘。虞集寄海南故將軍

楊載

楊載字仲宏，其先浦城人，後徙杭，年四十不仕，延祐（仁宗）初，登進士第，以寧關路總管府推官卒。其詩雅贍有法度，虞集稱之若百戰健兒，其佳者虞亦不能及也。有楊仲宏詩。

老君臺上涼如水，坐看冰輪轉二更。大地山河微有影，九天風露寂無聲。蛟龍並起承金榜，鸞鳳雙飛載玉笙。不信弱流三萬里，此身今夕到蓬瀛。楊載宗陽宮望月

范梈

范梈字德機，淸江人，家貧早孤，年三十六，始遊京師，以朝臣薦爲翰院編修，卒年五十九，吳澄誌其墓以爲獨立特行，可方東漢諸君子。其詩宕逸而多遠情，虞集稱之若唐臨宋帖。有范德機詩。

居士名園何處求，無有是中風物幽。巖花故解分藤綴，澗水新能合竹流。綠幙黃簾圍玉樹，青天白日映朱樓。醉吟自爾人難識，況是心輕萬戶侯。范梈題龔氏山園

揭傒斯

揭傒斯字曼碩，龍興富川人，幼貧，讀書自刻苦，大德（成宗）間，始遊湘漢，程鉅夫盧摰先後爲湖南憲長，薦於朝，授翰林國史編修。其詩淸麗婉轉，最能代表元人色彩。虞集稱之若美女簪花。有揭曼碩集。

楊柳青青河水黃，河流兩岸葦籬長。河東女嫁河西郎，河西燒燭河東光。日日相迎葦檐下，朝朝相送葦籬旁。河邊病叟長回首，送兒北去還南走。昨日臨淸賣葦回，今日販魚桃花口。連年水旱更無蠶，丁力夫徭百不堪。惟有河邊守墳墓，數株高樹曉相參。揭傒斯楊柳青謠

黃溍柳貫吳萊並學詩宋遺民方鳳，黃柳與虞揭又稱儒林四傑，吳萊最少，然享名極盛，柳貫稱其爲絕世之才，其詩長於歌行，聲調奇亢，有淵頴集。

第九章　元四大家詩體與鐵崖樂府（下）

薩張詩體與鐵崖樂府——薩張——楊鐵崖——張雨倪瓚與同時之作者

薩張詩體與鐵崖樂府

薩都拉

薩都拉與張翥，爲詩專尚情美，在四大家後，獨標一幟，樂府諸篇，婉麗絕倫，迨鐵崖倡霸，亦以樂府見稱，論者且以爲出入青蓮昌谷，誠元代詩學之異彩也。

薩都拉字天錫，號直齋，本答失蠻氏，祖父以勳留鎮雲代，遂爲雁門人，泰定中，登進士第，出爲燕南經歷。工詩善詞，一以情美爲主，與虞楊范揭不同，尤長樂府。有雁門集。

燕京女兒十六七，顏如花紅眼如漆。蘭香滿路馬塵飛，翠袖籠鞭嬌欲滴。春風淡蕩搖春心，錦箏銀燭高堂深。綉衾不暖錦鴛夢，紫簾垂霧天沈沈。芳草誰惜去如水，春困著人倦梳洗。夜來小雨潤天街，滿院楊花飛不起。（薩都剌燕姬曲）

江南怨，生男遠遊生女賤。十三畫得蛾眉成，十五新妝識郎面。識郎一面恩猶淺，千金買官遊不轉。儂家水田跨州縣，大船小船過淮甸。買官未得不肯歸，不惜韶華去如箭。楊花撲簷

飛語燕，疎雨梧桐閑深院，人生無如江南怨。薩都拉江南怨

張翥

張翥字仲舉，號蛻巖，元詞大家也，與張雨同爲仇遠高弟，近體主唐，古體主選，詞統稱其詞有飛鴻戲海舞鶴遊天之妙。詩流麗淸婉，亦頗似之，尤工樂府。有蛻岩集。

處處人煙有酒旗，楝花開後絮飛時。一溪春水浮黃犢，滿樹喧風叫畫眉。入境漸聞人語好，看山不厭馬行遲。江離綠遍汀洲外，擬折芳馨寄所思。張翥浮山道中

張雨

張雨字伯雨，蚤遊方外，居茅山，與虞集諸人相往還，晚從楊鐵崖（維楨）倪雲林（瓚）遊，詩詞並著，有句曲外史詩集。

聊與梅花說歲窮，眞成古木共衰翁。百年勳業何煩爾，一世雲山不負公。寒夢漸消窗影上，春容已在雨聲中。晨輿陡覺詩神旺，未放韶華角長雄。張雨晨興

楊維楨

楊維楨字廉夫，號鐵崖，諸曁人，舉進士，元末兵亂，浪跡浙西山水間，以詩名振一世，明興，被召至京，以疾卒。鐵崖極長樂府，論者以爲出入少陵二李之間，有曠世金石聲，惟矯枉過正，往往失於怪誕。當其倡霸，郭茂倩左克明

倪瓚

之書，盛行於世，明初詩人，多宗法之。有鐵崖樂府。

夫從軍，妾從主，夢魂猶痛刀箭瘢，況乃全軀飼豺虎。拔刀誓天天爲怒，眼中於菟小於鼠。血號虎鬼寃魂語，精光夜貫新阡土。可憐三世不復仇，泰山之婦何足數。（楊維楨殺虎行）

買妾千黃金，許身不許心。使君自有婦，夜夜白頭吟。（楊維楨買妾言）

倪瓚字元鎭，號雲林，無錫人，工詩畫，家故饒貲，一日舍之去，曰：「天下多事矣。」與楊維楨相友善，詩名振撼一時。其詩枯淡自喜，而時露高致。有倪雲林先生集。

南汀新月色，照見水中蘋。便欲乘清影，緣源訪隱淪。君住澱山湖，綠酒松花春。夢披寒雪去，疑是剡溪濱。（倪瓚寄隱者）

元享國僅百年，而詩人之多，至不可以數計。李東陽曰：『宋詩深，却去唐遠，元詩淺，去唐却近。』至其情致婉麗如薩天錫楊鐵巖者，即宋人亦有時莫能及也。惟勢之所至，曲代詞興。曲爲其一代之花，而詩詞遂不足論也已。

第十章　明詩再降與復古聲中各派之起伏（上）

明詩之復古運動——明初詩有五大派——劉基——吳中四傑——袁凱——林鴻
孫蕡以次之作者

明詩之復古運動

明詩擾擾於門戶之爭，復古一派，凌駕中朝，求其所謂大家者，僅國初高啟一人而已。啟與楊基張羽徐賁，稱吳中四傑，與王行徐賁高遜志唐肅宋克余堯臣張羽呂敏陳則，稱北郭十友，而何大復於當時獨盛稱袁凱，蓋諸子多承鐵崖餘緒，以才情聲氣爲先，至其才氣，則均非啟之匹也。永樂（成祖）以降，迄於成化（憲宗），八十年間，（歷仁宣英景四朝）號稱極盛，其間執文柄者，首數三楊（楊士奇楊榮楊溥）三楊代掌國政，故所爲詩，以雍容閒雅爲主，世稱之曰臺閣體。此外尙有所謂正統（英宗）十才子，景泰（景帝）十才子者，大抵不出臺閣一派，無足論也。迨至弘正（弘治正德孝宗武宗年號），國事日促，臺閣一派，遂漸爲世人所厭棄，東陽（李東陽）掉尾，始矯庸音，何李（何景明李夢陽）乘風，更倡復古，文必秦漢，詩必盛唐，儼然成一大宗派。爲東陽羽翼者，有楊一清。爲何李羽翼者，有邊貢徐禎卿康海王九思王庭相，即所謂前七子者是也。七子倡霸，海內文人，至不敢移宮換羽，惟楊愼薛蕙諸人能獨樹一幟，王愼中唐順之輩，敢倡法初唐，何李派之反動，止此而已。至嘉靖七子，復衍何李之緒，勢乃愈盛，七子者，李攀龍王世貞謝榛宗臣梁有譽徐中行吳國倫，世又稱後七子。前後七子，以復古凌駕一代，勢力之大，莫之與京。，徐渭變之，未能也，湯顯祖變之，亦未能也，萬歷（神宗）朝，公安竟陵兩派代興，而復古一派，遂稍稍殺其勢矣。天啟（熹宗）崇禎（莊烈帝），當國末運，以論夫詩，則錢謙益吳偉業，均稱大家，玆附於清，以兩公仕清故也。

劉基宋濂爲有明開國詞臣，宋以文名，則詩人當首論劉基。

劉基

劉基字伯溫，青田人，與宋濂齊名，工文能詩，其詩豪邁，喜爲沈著之音，與元人之純尚纖靡者，又自不同。有誠意伯集。

天弧不解射封狼，戰骨縱橫滿路旁。古戍有狐鳴夜月，高岡無鳳集朝陽。琱戈畫戟空文物，廢井頹垣自雪霜。漫說漢庭思李牧，未聞郎署遣馮唐。劉基感興高啟字季迪，長洲人，元末，避張士誠亂，遁居松江之青邱，自號青邱子。洪武初，召修元史，以題宮女畫犬詩刺帝招忌，旋坐撰魏觀上梁文，被誅，時年僅三十九。季迪以詩名，王子充稱其詩『雋而淸麗，如秋空飛隼，盤旋百折，招之不肯下。又如碧水芙蓉，不假彫飾，翛然塵外。』淸四庫提要曰：『啟天才高逸，實據明一代詩人之上，其於詩擬漢魏似漢魏，擬六朝似六朝，擬唐似唐，擬宋似宋，凡古人之所長，無不兼之，振元末纖穠之習，而反之於古，啟實有力焉……』是啟又復古派之先導也。所著有吹臺，鳳臺，缶鳴，青邱……諸集，景泰初，徐庸合編爲大全集。

大江來從萬山中，山勢盡與江流東。鍾山如龍獨西上，欲破巨浪乘長風。江山相雄不相讓，形勝爭誇天下壯。秦皇空此瘞黃金，佳氣葱葱至今王。我懷鬱塞何由開，酒酣走上城南臺。坐覺蒼茫萬古意，遠自荒煙落日之中來。石頭城下濤聲怒，武騎千羣誰敢渡。黃旗入洛竟何祥，鐵鎖橫江未爲固。前三國，後六朝，草生宮闕何蕭蕭。英雄時來務割據，幾度戰血流寒潮。我今幸逢聖人起南國，禍亂初平事休息。從今四海永爲家，不用長江限南北。高啟登金陵

雨花臺望大江

重臣分省去臺端，賓從威儀盡漢官。四塞河山歸版籍，百年父老見衣冠。函關月落聽雞度，華岳雲開立馬看。知爾西行定回首，如今江左是長安。高啓送沈左司從汪參政分省陝西汪由御史中丞書

楊基

楊基字孟載，嘉州人，家於吳，少從鐵崖游，故其詩不少元習，至其清秀俊爽，自是一時之選。春草詩最傳。有眉庵集。

嫩綠柔香遠更濃，春來無處不茸茸。六朝舊恨斜陽裏，南浦新愁細雨中。近水欲迷歌扇綠，隔花偏襯舞裙紅。平川十里人歸晚，無數牛羊一笛風。楊基春草

張羽

張羽字來儀，本潯陽人，後居吳興，官至太常寺丞，坐事竄嶺南，未半道，召還，自知不免，投龍江死。程孟陽稱其『五言古詩，學杜學韋，各有神理，七言律詩，全是唐音，樂府歌行，不襲宋元舊格，頡頏高楊，未易前後。』有靜居集。

高齋每到思無窮，門巷玲瓏野望通。片雨隔村猶夕照，疏林映水已秋風。藥囊詩卷閒行後，香篆燈光靜坐中。爲問祇今江海上，如君無事幾人同。張羽唐叔良溪居

徐賁

徐賁字幼文，本蜀人，居吳，與高啟楊基張羽號吳中四傑。其詩體明密，頗近皮陸。溺海死。有北郭集。

鄰鄰水溶春，澹澹煙銷午。不見歌唱人，空來荷葉浦。無處寄相思，停舟采芳杜。（徐賁過荷葉）

袁凱

袁凱字景文，華亭人，自號海叟，洪武中爲御史，以疾歸。凱工詩，有盛名，何大復舉以爲國初詩人之冠。程孟陽曰：『海叟詩氣骨高妙，天容道貌，即之泠然，古意二十首，高骨激越，雄視一代，七言古詩，筆力豪岩，尠不如意，七言律詩，自宋元來學杜，鮮有如叟之自然者……』嘗倒騎黑驢，游行九峯問，於鐵崖座上所賦白燕詩最傳，故又號袁白燕。有在野集。

故國飄落事已非，舊時王謝見應稀。月明漢水初無影，雪滿梁園尚未歸。柳絮池塘香入夢，梨花院落冷侵衣。趙家姊妹多相忌，莫向昭陽殿裏飛。（袁凱白燕詩）

林鴻

林鴻字子羽，福清人，洪武初，以人才薦，性脫落不喜仕，年未四十，自免歸，與鄭定王褒唐泰高棅王恭陳亮王偁周元黃元稱閩中十才子。其詩尊唐，閩中

孫蕡

劉崧

言詩者，率宗法之。有嗚盛集。

儒生好奇古，出口談唐虞。倘生羲皇前，所談乃何如。古人旣已死，古道存遺書。一語不能踐，萬卷徒空虛。我願但飲酒，不復知其餘。君看醉鄉人，乃在天地初。林鴻飲酒

孫蕡字仲衍，廣東順德人，洪武三年，始行科舉，蕡與選，嘗爲藍玉題畫，玉誅，坐黨論死。有西菴集。

湖州漢水穿城郭，傍水人家起樓閣。春風垂柳綠軒窗，細雨飛花濕簾幕。四月五月南風來，當門處處芰荷開。吳姬畫舫小於斛，蕩槳出城沿月回。菰蒲浪深迷白紵，有時隔花聞語笑。鯉魚風起燕飛斜，采菱歌入鴛鴦渚。孫蕡湖州樂

劉崧字子高，泰和人，元末舉於鄉，洪武三年入朝，授兵部職。善爲詩，其佳者，似大歷十才子，豫章人宗之爲西江派。有槎翁集。

姑蘇城頭烏夜啼，姑蘇臺上風淒淒。芙蓉露冷秋香死，美人夜啼雙蛾低。銅龍咽寒更漏促，手撥繁絃轉紅玉。鴛鴦飛去屧廊空，猶唱吳宮舊時曲。劉崧姑蘇曲

明初詩派有五，越派昉於劉基，吳派昉於高啟，閩派昉於林鴻，嶺南派昉於孫

蕢，江右派昉於劉崧。而吳派爲最大。

第十一章 明詩再降與復古聲中各派之起伏（中一）

臺閣體盛行與前七子之復古——三楊——李東陽——弘正七子中之四傑——復古派以外之作者——吳中四子

臺閣體盛行與前七子之復古

永樂成化間，三楊代執文柄，以雍容閒雅爲一世倡，故其體世稱臺閣。其敝也，膚廓冗長，千篇一律。弘正七子，起而矯之，文必秦漢，詩必盛唐，詩風爲之一變。在當時樹異幟者，有楊慎薛蕙諸人，楊薛固嘗與何李遊，而竟非議之，亦復古派之一反動也。

楊士奇

楊士奇名寓，太和人，建文初，以史才召入翰林，永樂初，入內閣，執政四十餘年，與楊榮楊溥號稱三楊，三楊値明隆盛，故其詩崇尚典雅，每作頌揚語，晚進宗之，稱曰臺閣派。士奇享名最盛。有東里集。

> 憶昔六龍升御日，最先承詔上鑾坡。論思慮薄年華速，霄漢飛騰寵命多。空有赤心常捧日，不禁清淚欲成河。文孫繼統今明聖，供奉無能奈老何。楊士奇謁長陵

李東陽

李東陽字賓之，號西涯，茶陵人，居京師，天順（英宗）八年進士，工篆隸，

善詩文，明興以來，宰臣以文領袖縉紳者，楊士奇後，東陽一人而已。東陽詩宗老杜，一矯臺閣之習，爲弘正七子之先導。而弘正七子，反力詆之。王世貞曰：『東陽之於何李，猶陳涉之啟漢高。』立朝五十年，淸節不渝，罷政後，以詩文書篆資朝夕。一日夫人方進紙墨，東陽有倦意，夫人笑曰：「今日設客，可使案無魚菜耶。」乃欣然命筆，其風操有如是者。有懷麓堂集。

秋風江口聽鳴榔，遠客歸心正渺茫。萬古乾坤此江水，百年風日幾重陽。煙中樹色浮瓜步，城上山形繞建康。直過眞州更東下，夜深燈火宿維揚。李東陽九日渡江

李夢陽字獻吉，號空同子，慶陽人，弘治（孝宗）進士，工詩文，以李東陽爲萎弱，卓然以復古自命，文必秦漢，詩必盛唐，專尙摹擬，文運爲之一變。與何景明徐禎卿邊貢康海王九思王廷相號七才子，睥睨一世，而夢陽爲尤甚。淸四庫提要曰：『夢陽倡言復古，使天下勿讀唐以後書，持論甚高，足以悚當代之耳目，故學者翕然宗之，文體一變。厥後摹擬剽竊，日就窠穴，論者追原本始，歸獄夢陽，其受詬厲亦最深。』華州王維楨謂七言律詩自杜甫以後，善用

頓挫傾揷之法者，惟夢陽一人。有李空同集。

黃河水繞漢邊牆，河上秋風雁幾行。客子過濠追野馬，將軍彎箭射天狼。黃塵古渡迷飛輓，白月橫空冷戰場。聞道朔方多勇略，只今誰見郭汾陽。（李夢陽秋望）

何景明

何景明字仲默，信陽人，弘治進士，與李夢陽倡詩古文，夢陽最雄駿，景明稍後出，相與頡頏，世稱何李。惟夢陽主摹擬，景明主刱造，各樹堅壘，互相詆諆。論者謂景明之才，本遜夢陽，而其詩體秀逸，視夢陽之專事剽竊，似又過之。卒年三十九。有何大復集。

煙渺渺，碧波遠。白露晞，翠莎晚。泛綠漪，蒹葭淺。浦風吹帽寒髮短。美人立，江中流。暮雨帆檣江上舟，夕陽簾櫳江上樓。舟中採蓮紅藕香，樓前踏翠芳草愁。芳草愁，西風起。芙蓉花，落秋水。江白如練月如洗，醉下煙波千萬里。（何景明秋江詞）

徐禎卿

徐禎卿字昌穀，吳縣人，弘治進士。爲詩初喜白居易劉禹錫，與何李遊，始改趨漢魏盛唐，爲吳中詩人之冠。與何李邊貢，又號弘正四傑，蓋七子中之特出者也。有迪功集。

渺渺春江空落暉，行人相顧欲霑衣。楚王宮外千條柳，不遣飛花送客歸。徐禎卿春思

月宮秋桂冷團團，歲歲花開只自攀。共在人間說天上，不知天上憶人間。邊貢嫦娥

復古派以外之作者

楊愼字用修，新都人，正德（武宗）六年殿試第一，詩才華麗，於何李倡霸聲中，獨立門戶。記誦之博，著作之富，在有明推爲第一，卒年七十二。有楊升菴集。

劍江春水綠沄沄，五丈原頭日又曛。舊業未能歸後主，大星先已落前軍。南陽祠宇空秋草，西蜀關山隔暮雲。正統不慚傳萬古，莫將成敗論三分。楊愼題武侯廟

吳中四子

徐禎卿初與文徵明唐寅祝允明號吳中四子，詩效白居易劉禹錫，後與何李遊，乃改向漢魏盛唐。文唐輩才情極富，以縱情詩酒，爲人所短，然在有明詩人中，尚能不爲門戶所限，惟格不甚高耳。文有甫田集，唐有唐伯虎集，祝有祝枝山集。

王唐反抗聲中復古派之再興

王唐

李攀龍

第十二章　明詩再降與復古聲中各派之起伏（中二）

王唐反抗聲中復古派之再興——王唐——嘉靖七子

何李倡霸，海內宗之，惟王愼中唐順之輩，卓然不爲所動，文宗歐曾，詩法初唐，以與之抗，其盛也，何李之集，幾遏而不行。迨嘉靖七子出，復衍何李之緒，文必秦漢，詩必盛唐，復古派之光焰，遂又照耀於世。

王愼中字道思，晉江人，嘉靖進士，文宗歐曾，詩效初唐，與唐順之陳東李開先熊過任瀚趙時春呂高號八才子，王唐享名最盛，又號王唐，卒年五十一。有遵巖集。順之字應德，毗陵人，嘉靖進士。有荊川集。

雲出本無心，擇棲多奇巘。緊予慕眞勝，涉趣不知遠。初緣碧澗行，幾傍丹崖轉。林追去虎蹤，磴躡飛猿踐。泉流遞淺深，巖谷變陰顯。歎瀑偶留憩，石牀時仰偃。桂芳洞裏秋，霞映山中晚。探異尋前期，入幽忘後返。神遊力不捐，理愜情俱遣。天路如可梯，欲以微官免。（王愼中遊麻姑山）

李攀龍字于鱗，歷城人，嘉靖進士，與王世貞謝榛宗臣梁有譽徐中行吳國倫倡詩社，號七才子，文宗秦漢，詩法盛唐，而攀龍爲之冠。嘗謂文西京，詩天寶，以下俱無足觀。本朝獨推李夢陽。所爲詩高華矜貴，絕去凡庸。隆慶（穆宗）四年卒，年五十七。有滄溟集。

縹渺眞探白帝宮，三峯此日爲誰雄。蒼龍半挂秦川雨，石馬長嘶漢苑風。地敞中原秋色盡，天開萬里夕陽空。平生突兀看人意，容爾深知造化工。李攀龍秋登太華絕頂

王世貞

王世貞字元美，號鳳洲，太倉人，嘉靖進士，與李攀龍狎主文柄，攀龍歿，獨操其柄二十年，聲華意氣，籠蓋海內。詩效盛唐，而藻飾過甚，朱彝尊至謂其千篇一律，晚年漸就平淡。病亟時，劉鳳往視，見其手蘇子瞻集，諷翫不置。卒於萬歷（神宗）十八年，年六十五。有弇州山人集。

與爾同茲難，重逢恐未眞。一身初屬我，萬事欲輸人。天意寧羣盜，時艱更老親。不堪追往昔，醉語亦傷神。王世貞亂後初入吳與舍弟小酌

謝榛

謝榛字茂秦，臨清人，嘉靖間，挾詩卷遊長安，時李王正結社燕市，茂秦乃以布衣入執牛耳，主選十四家詩，七子論詩之旨，由是大定。攀龍贈詩曰：「謝

梁有譽
宗臣
徐中行
吳國倫

榛吾黨彥，咄嗟名士籍。遂令淸廟音，乃在褐衣客。」既而惡其名高，遺書與之絕。元美別定五子，遽削其名，布衣見棄，殊可慨也。其詩詞氣高逸，在七子中，堪稱獨步。有四溟山人集。

生涯憐汝自樵蘇，時序驚心尙道途。別後幾年兒女大，望中千里弟兄孤。秋天落木愁多少，夜雨殘燈夢有無。遙想故園揮涕淚，況聞寒雁下江湖。（謝榛秋日懷弟）

梁有譽字公實，順德人，有蘭亭存稿。宗臣字子相，興化人，有方城集。徐中行字子與，長興人，有青蘿館集。吳國倫字明卿，興國州人，有甔甀洞集。四子雖遠不如前三子享名之盛，而所爲詩，亦時有高致，但不能外摹擬剽竊耳。

第十三章　明詩再降與復古聲中各派之起伏（下）

公安竟陵兩派之代興——公安派——袁宏道——竟陵派——鍾惺——復社幾社豫章社

公安竟陵兩派之代興

王李之極，公安袁氏兄弟起而矯之，於唐宗白樂天，於宋宗蘇軾，務以清新俊快，於是學者多舍王李而趨就之，號曰公安體。竟陵鍾惺，又詆以爲淺率，易之以幽深孤峭，與同里譚元春評選唐人詩，爲唐詩歸，鍾譚之名滿天下，號曰竟陵體。朱彝尊曰：『萬歷中，公安矯歷下婁東之弊，倡淺率之調，以爲浮響，造不根之句，以爲奇突，用助語之詞，以爲流轉，著一字務求之幽晦，構一題必期於不通，詩歸出，而一時紙貴，閩人蔡復一等，既降志以相從，吳人張澤華叔等，復聞聲而遙應，無不奉一言爲準的，入二豎於膏肓，取名一時，流毒天下，詩亡而國亦隨之矣。』

袁宏道

袁宏道字無學，公安人，萬歷進士，與其兄宗道弟中道，並以詩鳴海內，時號三袁。主性靈，尚妙悟，以清新輕快之詩，矯王李摹擬之病，王李之風，爲之

鍾惺

明詩人摹擬之風尚

不振。嘗謂唐自有古詩，不必選體，中晚皆有詩，不必初盛，歐蘇陳黃各有詩，不必唐人。唐詩色澤鮮妍，如旦晚脫筆硯者，今詩纔脫筆硯，已是陳言，豈非流自性靈，與出自剽擬，所從來異乎。有瓶花齋詩集。

橫塘渡，郎西來，妾東去，感郎千金顧。妾家住西橋，朱門十字路，認取辛夷花，莫過楊柳樹。（袁宏道雜詩）

鍾惺字伯敬，竟陵人，萬歷進士，與同里譚元春以詩名，世號鍾譚。時公安體盛行。鍾譚獨詆以爲淺率，倡爲幽深孤峭，惟兩人學不甚富，其識解多僻，大爲通人所譏。詩亦晦澁。趙甌北曰：『鍾譚輩，從一字一句，標舉冷僻，以爲得味外味，則幽獨君之鬼語矣。』有隱秀軒集。譚字友夏，天啟舉人，名輩後於惺。有嶽歸堂集。

舟棲頻易處，水宿偶依岑。嶂暝江逾遠，天寒谷自深。隔墟烟似曉，近峽氣先陰。初月難離霧，疎燈稍著林。漁樵昏後語，山水靜中音。莫數歸鴉翼，徒驚倦客心。（鍾惺舟晚）

明詩擾擾於門戶之爭，以摹擬爲能事，各奉其師規，以相詆毀，當時作家固甚。

復社
幾社
豫章社

衆，然無一人能脫卸唐人之羈絆者，詩之流弊，至此可謂極矣。趙甌北曰：「高靑邱後，有明一代，竟無詩人，李西涯雖雅馴淸澈，而才力尚小，前後七子，風行海內，迄今優孟衣冠，笑齒已冷。降及末造，而精華始發越，錢吳二老，爲海內所推。」錢吳誠爲明末大家，但均仕淸，茲不論。此外尚有所謂復社幾社豫章社者，復社尊王李，張溥張采等主之。幾社亦尊王李，陳子龍夏彝仲等主之。豫章社反抗王李，艾南英等主之。旗幟鮮明，門戶森立，亦有明文學之餘光也。

清初詩人之馳驟

第十四章　清詩極衰爲舊體詩之終局（上）

清初詩人之馳驟——江左三大家——三大家以次之作者

清代詩學，衰落已極。開國之初，所恃以潤色鴻業者，僅錢（謙益）吳（偉業）二老，二老固明之遺也。王世禎在康熙朝，號稱一代宗匠，以神韻倡導天下者，近五十年，以論其詩，則所謂興到神會之作，實不免有摹擬薄弱之弊。同時如宋琬施閏章陳維崧彭孫遹尤侗朱彝尊宋犖田雯趙執信查初白之倫，亦均以詩名海內。宋施在士禎前，雄視南北，有南施北宋之目，朱彝尊與士禎並轡而馳，時莫能爲之高下，趙執信則反對士禎，至作談龍錄以詆之，陳彭輩乃又不專以詩名也。至乾隆朝，神韻派之反抗者愈衆，袁枚倡性靈，沈德潛倡格律，翁方剛宗江西，欲以肌理二字救新城一流之空調。袁與蔣士銓趙翼稱乾隆三大家，三大家袁枚享名最盛，而其詩之陳腐亦愈甚，去名存實，則厲鶚之樊榭山房詩與黃景仁之兩當軒詩爲可取耳。自是以後，詩學幾絕，嘉道間，龔自珍舒位輩，以浮淺爲詩，乃號稱新體。咸同間，曾國藩輩，競尚宋詩，使一代名家，成於遠處僻壤之鄭珍，蓋詩學之不振，未有如是之甚者也。末季才人，值國多難，金和黃遵憲王闓運康有爲均稱大家，王闓運憲章八代，康有爲盛氣淋漓，黃詩入俗，每能解放而成新體，今之倡白語詩者，且奉爲新舊交替之梯航。懿歟盛矣，末代之光，宋以後千數百年支分派衍之舊體詩，至是乃不續。

錢謙益字受之，號牧齋，明禮部尙書，仕淸，修明史爲副總裁。主文壇幾五十年，力詆何李王李，二袁鍾譚，尤不在齒數。其詩出入李杜韓白蘇陸之間，沈鬱。藻麗，而有高致，論者以爲在梅村之右。乾隆朝，詔毀其集。有初學集。

合歡團扇美人作，輕雲如紈雪如素。裁成顧兔舒月波，畫出乘鸞上天路。美人容華傾六宮，含羞却扇嬌且慵。自分團欒賽明月，豈知搖動生秋風。碧天一夜秋如水，炎涼盡在君懷裡。不怨秋風坐棄捐，却愁明月長相似。秋來明月正嬋娟，別殿長門是處懸。從教妾扇經秋掩，但願君心並月圓。君心如月不可掇，妾扇團團那忍割。可憐團扇無蔽虧，不比清光有盈缺。奉君淸暑爲君容，莫到恩情中路空。蛛絲蟲網頻垂淚，還感君恩在篋中。（錢謙益團扇篇）

吳偉業字駿公，號梅村，明崇禎進士，國亡，歸鄉里，贈袁韜玉詩有句云：「西州士女章台柳，南國江山玉樹花。」旋被迫起爲秘書侍講，康熙十年卒，年六十三，遺言斂以僧服，墓前樹一圓石，題曰詩人吳梅村之墓足矣。梅村才華艷發，吐納風流，故其詩有清麗芊綿之致，國變後，益以蒼涼淒楚，風骨愈遒，七古放元白，五七言律，聲華格律，不減唐人，歌行長篇，俯仰一世。集中如臨江參軍永和宮詞雒陽行殿上行茸城行蕭史曲青門曲鴛湖曲松山哀雁門尚書行臨淮老妓行圓圓曲畫蘭曲……諸篇，皆隱括時事，爲平生聚精會神之作。趙甌北曰：『梅村本從香奩入手，故一涉兒女閨房之事，輒千嬌百媚，妖艷動人。』然有時失之靡曼。國亡時，侯方域遺書使全臣節，侯亡，爲詩弔之云：「死生總負侯嬴諾，欲滴椒漿淚滿樽。」赴召過淮陰云：「我是淮王舊雞犬，不隨仙去落人間。」則仕清非其志也。有吳梅村詩集。

射雉山頭一笑年，相思千里草芊芊。偷將樂府窺名姓，親擊雲璈第幾仙。

珍珠無價玉無瑕，小字貪看問妾家。尋到白堤呼出見，月明殘雪映梅花。

鈿轂春郊鬬畫裙，捲簾都道不如君。白門移得絲絲柳，黃海歸來步步雲。
京江話舊木蘭舟，憶得郎來繫紫騮。殘酒未醒驚睡起，曲欄無語笑凝眸。
青絲濯濯額黃懸，巧樣新粧恰自然。入手三盤幾梳掠，便攜明鏡出花前。
念家山破定風波，郎按新詞妾按歌。恨殺南朝阮司馬，累儂夫婿病愁多。
亂梳雲髻下高樓，盡室倉皇過渡頭。鈿合金釵空拋却，高家兵馬在揚州。
江城細雨碧桃村，寒食東風杜宇魂。欲弔薛濤憐夢斷，墓門深更阻侯門。吳偉業題冒辟疆名姬董白小像

龔鼎孳

龔鼎孳字孝升，號芝麓，合肥人，明崇禎進士，仕清，與錢吳稱江左三大家，所爲詩讌飲酬酢居多，視錢吳不如遠甚，兼工詩餘。有定山堂集。

登高風物鬱蒼蒼，何處寒花發戰場。吳蜀健兒猶裹甲，江漢游女自褰裳。中州鸚鵡萋芳草，隔岸樓臺受夕陽。滿眼昆明消一醉，烽煙眞不上漁航。龔鼎孳登晴川閣小飲

三大家外，有王彥泓之取徑香奩，馮班之宗法商隱，毛奇齡專效唐音而時出新意，蓋皆欲一矯當時江西一派之粗俗隱僻者。其他如顧景星馮廷魁……諸人，亦

均足名家。王彥泓字次回，有疑雨集。馮班字定遠，有馮定遠集。毛奇齡有西河詩集。顧景星有白茅堂集。馮廷魁有馮舍人遺詩。然諸公多顯譽於康熙朝。

第十五章　淸詩極衰爲舊體詩之終局（中一）

神韻派倡霸與同時之作者——施宋——王士禎——朱彝尊——趙執信——査愼行以次之作者——嶺南三大家

神韻派倡霸與同時之作者

王士禎詩宗王孟，以神韻倡道天下，交遊之多，門第之盛，在康熙朝，未有能出其右者。惟朱彝尊兼學唐宋，以博雅見稱，巍然與之並立。二公皆好運用僻典書，卷本多，性靈少，亦一病也。淸詩不振，作者殊衆，茲擇當時之名家而並擧之。

宋琬

宋琬字玉叔，號荔裳，山東萊陽人，順治進士。王士禎稱其詩，游浙後，頗擬放翁，五言歌行　時創杜韓之奧，入蜀後，氣格深隱。有安雅堂集。

塞鴻猶未到蕪城，載酒登樓雨乍晴。山色淺深隨夕照，江流日夜變秋聲。上方鐘磬疎林滿，十里笙歌畫舫明。空負黃花羞短髮，寒衣三澣客心驚。宋琬九日登慧光閣

施閏章

施閏章字尙白，號愚山，安徽宣城人，順治進士。沈歸愚謂荔裳詩以雄渾磊落勝，愚山詩以溫柔敦厚勝。有學餘堂集。

路回臨石岸，樹老出墻根。野水合諸澗，桃花成一村。呼雞過籬柵，行酒盡兒孫。老矣吾將隱，前峯恰對門。（施閏章過湖北山家）

王士禎

王士禎字貽上，號阮亭，又號漁洋山人，山東新城人，順治進士，有清一大家也。詩宗王孟，以神韻爲主，所謂不著一字，盡得風流之神秘。所選唐賢三昧集，不取李杜，獨以王維壓卷。主文壇近五十年。其詩旖旎風華，乃傷薄弱，僅七絕爲工。錢牧齋曰：『貽上之詩，文繁理富，佩實銜華。』嘗奉使南海西嶽，徧遊秦晉洛蜀閩越江楚間，所至訪其賢豪，考其風土，欣賞其佳山水，一發之於詩，卒年七十八，有帶經堂集。

永安宮殿莽榛蕪，炎漢存亡六尺孤。城上風雲猶護蜀，江間波浪失吞吳。魚龍夜偃三巴路，蛇鳥秋懸八陣圖。搔首桓公憑弔處，猿聲落日滿夔巫。（王士禎晚登夔府東城樓望八陣圖）

翠羽明璫尙儼然，湖雲祠樹碧於煙。行人繫纜月初墮，門外野風開白蓮。（王士禎再過露筋祠）

朱彝尊

朱彝尊字錫鬯，號竹垞，秀水人，學最綜博，兼工詩文詞，文雅潔在士禎上，詩頡頏於施宋之間，詞則與陳維崧齊名，藏書至八萬卷。所爲詩出入唐宋，牢籠萬有，主文壇數十年。聖祖嘗謂侍臣曰：「江南有三布衣，尚未仕耶。」三布衣者，朱彝尊姜宸英嚴繩孫也。有曝書亭集。

去歲山川縉雲嶺，今年雨雪白登臺。可憐日至常爲客，何意天涯數舉杯。城晚角聲通燕塞，關寒馬色上龍堆。故園望斷江郵裏，愁說梅花細細開。朱彝尊雲中至日

趙執信

趙執信字伸符，號秋谷，山東益都人，康熙進士，嘗謂古詩自漢魏六朝，至初唐諸大家，各成韻調，談藝者多忽不講，與古法戾，乃爲聲韻譜，以發其秘。又著談龍錄，極詆漁洋，漁洋心折其才，不之怪也。所爲詩以思路鑱刻爲主，峭折有餘，醞釀不足。倘佯林壑，逾五十年，卒年八十有三。有飴山堂詩文集。

微雨牽荇色，離觴且對君。預愁見何日，不惜手輕分。遠海高於岸，空煙聚作雲。來朝倚仙閣，吟望背。曛。趙執信赴登州留別康海

查慎行

查慎行字悔餘，號初白，浙江海寧人，康熙進士，詩學蘇陸，而少蘊藉，黃梨洲嘗以放翁擬之。趙甌北曰：「初白近體詩最擅長，放翁以後，未有能繼之者

，當其年少氣銳，從軍黔楚，有江山戎馬之助，故出手卽沈雄踔厲，有幽并之氣，中年遊中州，地多勝蹟，益足以發抒其才思，登臨懷古，慷慨悲歌，集中此數卷爲最勝。」王漁洋曰：「奇創之才，初白遜游，綿至之思，游遜初白。」與宋犖陳維崧邵長衡諸人，頗具同調，而魄力風韻，尤或過之，遂能傑出一時。有敬業堂集。

不知涇潦齧城根，但看泥沙記水痕。去郭幾家猶傍柳，淮邊一帶已無村。長隄凍裂功難就，濁浪橫侵勢易奔。賤買河魚還廢箸，此中多少未招魂。查愼行秦淮道中即目

吳雯

吳雯字天章，蒲州人，以博學鴻詞薦在京師，極爲王漁洋所重，每稱其詩，輒謂爲才子。其「門前萬里崑崙水，千點桃花尺半魚。」之句，尤爲世人所贊賞。有蓮洋詩鈔。

去年九月長安來，鯉魚風起船旗開。今年三月舊山去，馬上綠楊掠飛絮。舊山風景復何如，昨日家人有報書。當門萬里崑崙水，千點桃花尺半魚。吳雯次靑縣題壁

杜濬 孫枝蔚

同時與漁洋以詩交遊而享名較盛者，有杜濬孫枝蔚陳維崧彭孫遹……諸人。杜孫

陳維崧 彭孫遹 宋犖 田雯 嶺南三大家

工詩，陳彭於詩外，兼工詩餘。杜字于皇，詩長五言近體，有變雅堂集。孫字豹人，爲詩有奇氣，有溉堂集。陳字其年，有湖海樓集。彭字羡門，有松桂堂集。與漁洋以詩相角逐惟恐其或後者，有宋犖田雯……諸人，宋字牧仲，詩宗子瞻，有綿津詩集。田字子綸，天才奇麗，有古懽堂集。此外屈大均陳元孝梁佩蘭稱嶺南三大家，大均神似李白，元孝師法杜甫，佩蘭醇樸而意短似龔鼎孳。王世禎曰：『嶺海多才，以未染中原江左積習，故尚存古風。』理或然歟。

第十六章　清詩極衰爲舊體詩之終局(中二)

神韵派之反抗者……乾隆三大家……厲鶚……沈德潛……黃景仁

乾隆朝，袁枚倡性靈，沈德潛倡格律，翁方剛宗江西，神韵一派，遂漸喪失其勢力，而爲世人所厭棄。袁與趙翼蔣士銓號乾隆三大家，舉世所尊爲一代文學之冠冕者，乃其詩之陳腐，至不可嚮邇，殊未能解。錢塘厲鶚，詩學韋（應物）柳（宗元），於新城長水外，別樹一幟。黃景仁宗法李白，又視諸大家稍後出，至其才氣豪放，即諸大家莫能及也。

袁枚字子才，號簡齋，錢塘人，乾隆進士，論詩專主性靈，以爲性情之外無詩，故每盛稱溫李，所爲詩輕纖佻達而極陳腐，洪亮吉擬之如通天神狐，醉後露尾。惟當時詩人，多荷引譽，以故享名極盛，卒年八十二。有隨園詩集。

生綃一幅紅粧影，玉貌珠冠方繡領。眼波如月照人間，欲奪鸞篦須絕頂。懷刺黃門悔誤投，遺珠草草尚書收。黨人碑上無雙士，夫婿聲中第二流。絳雲樓閣起三層，紅豆花枝枯復生。班管自稱詩弟子，佛香同侍古先生。勾欄院大朝廷小，紅粉情多靑史輕。扁舟同過黃天蕩，梁家有個青樓樣。金鼓親提妾亦能，爭奈江南不出將。一朝九廟煙塵起，手握刀繩勸公死。百年此際盍歸乎，萬論從今都定矣。可惜尙書壽正長，丹青讓與柳枝娘。袁枚題柳如是畫像

趙翼

蔣士銓

厲鶚

趙翼字雲松，號甌北，江蘇陽湖人，乾隆進士，所爲詩以學力致勝，故有奇肆雄麗之觀。罷歸後，徧歷浙山水，日與知友賦詩，嘉慶十九年卒，年八十八。有甌北詩鈔。

元氣混莽間，雄觀上碧孱。無邊天作岸，有力浪攻山。村暗楊梅樹，津開苦竹灣。離家才廿里，垂老始躋攀。趙翼野步

蔣士銓字心餘，又字苕生，江西鉛山人。乾隆進士，所爲詩悽愴激楚，與袁趙不同，古體尤佳。卒年六十一。有忠雅堂集。

一間山木女郎祠，花謝花開兩不知。釵佩似傷憔悴絕，鬼神尤爲感衰移。空梁燕子坐交語東閣舍人來賦詩。草綠苔深餘虎跡，更容寧耐覓殘碑。蔣士銓過蟂祠

厲鶚字太鴻，號樊榭，錢塘人，爲學務爲淵博，主文盟凡數十年。詩宗韋柳，

以淡遠幽明，超出儕群，仁和杭士駿極稱慕之。兼工詩餘，直接碧山玉山，爲竹垞後一大家。所著宋詩紀事極詳洽。有樊榭山房集。

㵲溪遂窮源，東峯屢向北。朝日上我衣，春泉淨可愛。不知泉落處，潺潺竹籬內。喧聞兩疊瀉，靜見一潭滙。松風揚纖石，花影畜深黛。名言猶有相，幻照乃無悔。悠然巢居心，頗欲終年對。厲鶚西溪巢泉上作

沈德潛

沈德潛字確士，號歸愚，長洲人，嘗受詩法於吳江葉燮，以杜爲歸，以情境理爲宗，推本性情，語見實際，於是倡爲格調之說，選古詩源五朝詩別裁，古體尊漢魏，近體宗盛唐，而尤服膺於杜，卓然爲一代宗法。有沈歸愚集。德潛弟子極衆，

王昶

吳中七子，王昶得名極盛，嘗續別裁集作湖海詩傳，然其宦成之後，皮傳蘇陸，已與師說相背。

黃景仁

再傳至黃景仁，頗有青出於藍之目，詩宗李白，才氣渙發，一掃三大家之庸音。景仁字仲則，有兩當軒詩集。

前年送我吳陵道，三山潮落吳楓老。今年送我黃山遊，春江花月征人愁。啼鵑聲聲喚春去，離心催掛天邊樹。垂楊密密拂行裝，芳草萋萋礙行路。嗟予作客無已時，波聲拍枕長相

思。雞鳴喔喔風雨晦，此恨別久君自知。（黃景仁短歌別華峯）

乾隆當國隆盛，獎勵文學，不遺餘力，故風雅爲一時冠。三大家詩，固不足稱，但無一人能出其右者。詩學衰落，於此概見。同時閨秀能詩者亦極衆，其影響亦至微，茲不具錄。

第十七章　清詩極衰爲舊體詩之終局（下）

乾嘉以後詩學之沒落——曾國藩王闓運以次之作者——金和與黃遵憲——舊體詩亡與新體詩之胚變

乾隆以後，詩學幾絕，百年詩人，可憶而數，試舉其大者，則有嘉道間之龔自珍，咸同間之鄭子尹，龔號定菴，道光進士，有定菴詩集。子尹名珍，遵義人，有巢經巢詩鈔。曾國藩在咸同朝，固可稱爲一代宗匠，但其詩宗法江西，務其奇詭，至詰詘不可以句讀，甚者且與杯珓讖詞相同，所謂詩人之旨者，至此。遂不可復問。末季才人，頗稱輩出，如王闓運之憲章八代，陳三立之推宗江西，金和黃遵憲康有爲鄭孝胥之盛氣淋漓，爍爍餘光，均足爲一時冠冕，以覘道咸同諸朝，抑又過之。王闓運湘潭人，有湘綺樓集。陳三立義寧人，有散原精舍詩集。金和字亞匏，有秋蟪吟館詩鈔。黃遵憲字公度，有人境廬詩鈔。鄭孝胥閩縣人，有海藏樓詩集。康有爲南海人，與其弟子梁啟超，有康梁詩鈔。黃遵憲詩曰：「即今流俗語，我若登簡編，五千年後人，驚爲古爛斑。」其詩體

舊體詩滅亡與新體詩之胚變

已漸能解放，今之倡白話詩者宗之。

舊體詩至此，已枝絕派斷，不可復繼，卽欲求一如宋金元明淸諸家之以摹擬爲能事者，亦不可能。胡適等倡白話詩，詆舊體詩爲已死文學，慨然欲求以承繼數百年來失墜之詩統，使已經彎根吐芽之新文學，產生於此新潮蕩漾中，故一時慕而效之者甚衆，但數年來，亦無所供獻，作者且益不競。蓋此時詩學，正在蛻化時期中也。至此時流行之白話詩，是否卽爲詩學革新之成功，而足以承繼詩學之正統，尙在不可知之列。而新體詩之必然產生，則無疑義，只待成熟之時期，與負有此重大責任適合時代之天才作者之產生耳。

詩史卷下終